2016 年，香港大屿山 100 公里越野赛，70 公里处的补给站，猛灌可乐。

韩国亚洲越野大师赛，终点前的冲刺。

韩国亚洲越野大师赛，起跑，第二位为许秀涛。

韩国亚洲越野大师赛，获得冠军后，在终点处与英国对手拥抱。

东极马拉松，零下35度的低温下奔跑。（任建军 摄）

2016 年，北京 TNF100 越野赛登山路。

2016 年澳大利亚袋鼠岛马拉松终点冲线。

在青海多巴高原下的训练基地，带领体校学生奔跑。（任建军 摄）

杭州天目七尖挑战赛奔跑在乱石岗。（问道运动 摄）

杭州天目七尖挑战赛。（问道运动 摄）

2015 年，杭州 100 公里越野赛终点冲线。（问道运动 摄）

2017 年，一个人的 24 小时哈尔滨站，关注残障儿童公益挑战。

36 度高温下挑战 24 小时。

许秀涛和父亲。

2017年，一个人的24小时与小跑友一起奔跑。

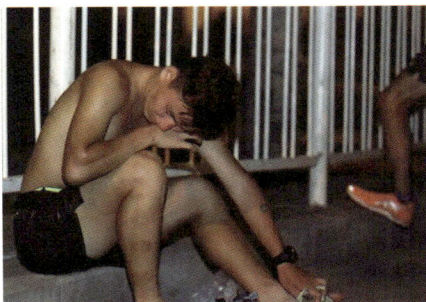

2016年，北京，横穿五环极限挑战，深夜，几近崩溃般坐在四环路边。

许秀涛一个人的五环路线图。

完成数个马拉松赛的先天性脑损伤跑者——李岩峥。

许秀涛与李岩峥的合影。

带领阿甘体育助残训练营的残障小伙伴锻炼。

2016 年，北京 TNF100 终点冲线。

登上纽约时代广场。

与残疾人跑友在一起。

蒋洁完成人生首个半马。

蒋洁　许秀涛◎著

跑向希望之路

台海出版社

图书在版编目（CIP）数据

跑向希望之路 / 蒋洁，许秀涛著 . -- 北京：台海
出版社，2019.8

ISBN 978-7-5168-2428-3

Ⅰ . ①跑… Ⅱ . ①蒋… ②许… Ⅲ . ①传记文学—中
国—当代 Ⅳ . ① I25

中国版本图书馆 CIP 数据核字（2019）第 176465 号

跑向希望之路

著　　者：蒋　洁　许秀涛

责任编辑：刘　峰　贾风华　　　　　　　装帧设计：仙境
责任印制：蔡　旭

出版发行：台海出版社
地　　址：北京市东城区景山东街 20 号　邮政编码：100009
电　　话：010 — 64041652（发行，邮购）
传　　真：010 — 84045799（总编室）
网　　址：www.taimeng.org.cn/thcbs/default.htm
E － mail：thcbs@126.com

经　　销：全国各地新华书店
印　　刷：三河市文通印刷包装有限公司
本书如有破损、缺页、装订错误，请与本社联系调换

开　　本：880 毫米 ×1230 毫米　1/32
字　　数：100 千字
印　　张：5.75
版　　次：2019 年 10 月第 1 版
印　　次：2019 年 10 月第 1 次印刷
书　　号：ISBN 978-7-5168-2428-3
定　　价：49.80 元

谨以本书献给所有热爱运动和追逐梦想的人！

跑步受益一生。

——乒乓球奥运冠军　王楠

我想大家读完这本书的时候就能知道，为什么我们的好朋友、同学、"中国阿甘"许秀涛能用跑步成就独一无二的他。跑步是与自我身心的一次对话，用谦卑的态度审视自己，不言放弃，勇敢跑向希望之路。赛场就是人生的缩影，无论战败还是夺冠，皆以不屈、强大的内心去迎接未知的下一场比赛。人生就像一场马拉松，漫长而充满挑战，而胜利也总是垂青那些对目标不懈努力、执着追求的人。

——柔道奥运冠军　佟文

许秀涛用跑步的精神脚踏实地、一步一步地用行动诠释着他的梦想，奔跑是生命的永动机，是希望的力量。

——体操奥运冠军　郭伟阳

作为许秀涛奔跑生涯的见证人以及朋友，我深深知道他这"奔跑之路"是多么艰辛。追逐梦想的途中，痛苦只是一个过程，而奔跑带给他的是希望，是改变命运、改变人生的指南针。如果此时你正在人生的十字路口迷茫，如果你不知道该何去何从，如果你想真正听一听梦想的声音，那么这本书会给你一个完美的答案。

——竞走世界冠军　王浩

伟大的坚持。跑步很简单，但跑得远并不简单，一个带着希望奔跑的人，也希望带领更多人跑向希望。

——游泳残奥冠军　王家超

目　录

Contents

目 录
Contents

作者序 一个跑者的故事

这是一本关于跑步的书。

这是关于一个在山里出生的年轻人，用奔跑去追寻梦想的故事。

这是一个真实的故事。

许秀涛的奔跑，最开始，是一种被迫，少年时期家里穷，买不起自行车，为了上学不迟到，他只能奔跑。那个时候，奔跑对于他是一项任务，他最初感受到的是辛苦，而不是快乐。

在跑步过程中，跑步给他带来的体验越来越丰富，他感受到压力的释放，心灵的自由。

随之而来的，跑步给他带来的经济上的帮助和别人的认可，才是他真正喜欢上跑步的原因。

他在跑步中体验到了自己的价值，跑步给他带来自信和希望。他在这条路上不断坚持，用超越常人的意志力和勇气，取得了成功。

"中国阿甘"，是他登上纽约时代广场后，很多人的说法。而我并不愿意去这样定义他。在我眼里，他只是一个纯朴的年轻人，为了主宰自己的命运，帮助更多的人，用跑步去实现他的人生梦想。

"阿甘"奔跑的历史背景，是 20 世纪六七十年代，"冷战"时期的美国。那个时候，美国恐战情绪严重，民众缺乏信仰。美国的路跑文化最初也发源于 70 年代，一批年轻人，在 70 年代的奥运会上取得了马拉松跑的好成绩，这带动了路跑文化在美国的发展。跑步也逐渐成为人们寻求自我的一种信仰。

阿甘用奔跑这种最简单的方式，以不变应万变地经历社会的变迁。他没有任何目的，就像他自己所说："我就是想跑。"

"生活就像一盒巧克力，你永远不知道你会得到什么。"阿甘的信仰是始终善良。他执着地做好每一件事，不去想是否值得，反而得到了一切。

许秀涛不同，他的奔跑有实际价值，无论是于己还是于他，都有明确的目标。他所有的希望，都是跑步带给他的。

他并不是跑步成绩最突出的跑者，也不是个人经历最丰富离奇的跑者。但他用奔跑，掌控了自己的人生；用奔跑，帮助了他人。

他用跑步筹来的资金，给贫困山区的儿童送去运动装备和图书。

他连续 3 年，组织残障训练营，每周末在北京朝阳公园晨跑。

写书过程中的一次约见，他迟到了 40 分钟，是为了帮助路边一位骑车摔倒的老大爷，周围无人敢扶，他叫了出租车把老人送回家。

这个善良的年轻人，他的可贵，不在于他用自己的奔跑改变了命运，不在于他两年之中拿到了 50 个冠军；而在于他拿到 50 个冠军后依然可以保持这份善良，在于他用奔跑给他人带来的勇气和希望！

发现，挑战，突破。不断地寻求自己的潜能，用意志力去克服困难，坚持，永不放弃。

这是运动带给人类的精神信仰，不分国籍、种族、肤色。

运动是生命的一部分，没有它，人类将失去灵魂！

周围越来越多的人正在开始跑步，享受跑步，热爱跑步。

从遍布全国的马拉松赛事到全球顶级的越野跑，中国的参赛者也越来越多。

无数个跑者的故事正发生在你我身边。

跑步有终点，但是生活没有终点。

无论是跑完 42 公里，还是 100 公里，我们都要继续自己的生活。

跑步不一定适合所有人，但不论哪种运动，都会为我们带来持续的力量，它让我们的心灵充满热情、勇气和希望。

所以，无论你是喜欢篮球、足球，还是游泳、骑行、登山……找到适合自己的那项运动吧。

每个人都有自己的希望之路，愿你也能找到属于你的那条路！

第一章　一个跑五环的"疯子"

2016 年 8 月，北京五环横穿极限挑战

每个人都必然要遭遇并战胜痛苦、错误和死亡。

否则，它们迟早会找上你。

——威廉·詹姆斯（美国哲学家、心理学家）

8 月盛夏的北京，凌晨 3 点，许秀涛瘫倒在北京四环的马路边上。

他感到自己的头和肺像着了火一样，身体在接近 40 度的高温下，正在被慢慢煎熟，汗水不断地涌出，灌了铅一样的双腿下面，一双脚已经肿胀、变形。

"再跑下去，可能就会死在这里了"，他那已经麻木的大脑无意识地冒出这个念头，从前一天清晨的鸟巢出发，他已经持续奔跑了 162 公里，16 个小时。

此时，离终点还有将近 100 公里。

这次的挑战，是跑步横穿北京的五个环路，从奥运主会场鸟巢出发，沿着五环、四环、三环……一直跑到天安门广场。总计 262 公里。

这是 2016 年 8 月 20 日，离里约奥运会闭幕还差一天。

他曾经有一个没有实现的梦想——参加 2012 年的伦敦奥运会。现在，他想通过这次奔跑，实现自己心中的奥运梦。

了解北京的人都知道，五环是封闭路段，相当于高速路，不允许非机动车和行人穿行，他的这次奔跑并没有事先报备，更不可能有任何保护措施，跟着他的补给车只能勉强拍几张照片，然后开到前方紧急停车带等着他。

白天的时候，他小心翼翼地沿着路边跑，把速度控制在每公里 6 分 15 秒左右，这个速度并不算快，但还是很危险。一辆辆时速 100 公里左右的机动车从他身旁呼啸而过，有几辆忙着赶路的车擦着他的身体飞驰过去，其中一辆车的司机咒骂着："找死啊，有病啊！"

1993 出生的许秀涛，刚刚过了 23 岁的生日。

最近两年，这个身高 170 厘米，体重 57 公斤，看似瘦弱的小伙子，已经在大大小小的马拉松和超马赛中拿过 30 多个冠军。但这次不同，他要一个人跑遍北京的五个环路，这是他一个人的奔跑，一个人的五环，他的对手是自己。

他跑过很多个 100 公里以上的比赛，包括各种山路越野，国内和国外的赛事，但他低估了北京夏天的威力。那种闷热和潮湿，那种在白天酷热蒸腾下的高温，在夜晚散发着的潮热，伴随着他连续的奔跑，巨大的压力和痛苦此时正吞噬着他的意志，他的身体。

他靠着模糊的意识，忍着疼痛脱掉鞋袜，绝望地看着自己的双脚，110 公里的五环，他跑了 10 个小时，路上的一颗钉子刺破了他的脚，再加上长距离奔跑的负荷，他的脚已经肿得连鞋都穿不上了。

"放弃吧，不要再跑了，你再也撑不下去了！"这个声音反复出现着，他感觉只有依赖这个声音才会让自己解脱，不必去想接下来要忍受的痛苦。

身旁聚集着五六个陪跑的志愿者，他们默默地看着许秀涛，甚至有些不忍心看着他此时的崩溃。

凭着一份感动和对跑步的热爱，他们在几天前自发地组织起来给他加油打气。因为路程太长，他们分次分批地排好班，每组负责一段路，准备补给，间或陪跑一段路程。此时此刻，他们不知道还能做什么，在这种状态下鼓励一个人继续跑下去，几乎是不人道的。继续还是放弃？他们在等着许秀涛的决定。

　　"这人是个疯子吧！"一个好奇的路人围上来，随口说道。

第二章　奔跑的少年

2002 年，山东济南历城区

世上唯一真实的界线，是你人生那条起跑线。

——伊斯雷尔·内贝克（美国 Blind Pilot 乐队主唱）

山路的第一次记忆

2002 年，山东济南历城区，大佛小学三年级教室，9 岁的许秀涛被班主任老师喊了出去。

母亲站在门外，脸上带着一丝忧虑："你跟我一起去一下你姐姐的学校吧。"母亲没什么文化，平时在山里种田，姐姐在离家隔着几座山的锦绣川中学上学，最近的一条路也要翻山越岭走上好几公里。

他的小学离家近，但是姐姐每天天没亮就得出发，到晚上天黑了才回来。爸爸常年在外打工，每年只回来几次。所以每次妈妈有事都来学校找他，在妈妈眼里他是家里唯一可以指得上的男人，即便他只有9岁。

"你姐姐学校的老师来电话，说你姐姐被班上的同学打了，你陪妈妈一起去看看。"

"伤到哪里了？"许秀涛问妈妈，边看了看旁边的班主任老师。

"你跟你妈妈去吧，把书包收拾一下。"班主任老师理解地冲他点点头。

他赶紧回去收拾了一下书包，跟妈妈一起走出了校门。

从他开始记事起，姐姐一直是他的伙伴和依靠。妈妈中午要出去干活，每次都是姐姐做饭给他吃，照顾他，那时他们在同一所小学，可以一起上下学，一起玩。从某种意义上说，他们这两个留守儿童过得还挺快活。

姐姐上了中学，去了山那边那个远的学校以后，一切都不一样了，他中午经常会饿肚子，一直撑到下午放学的时候，才步履蹒跚地走回家吃东西。

姐姐的学校太远了，他跟妈妈两个人紧赶慢赶，翻过山上的土路走了一上午才到。老师把他们带到办公室，姐姐坐在里面，头上包着一层纱布，有一块擦伤流了血，在校医务室简单处理过了。

"没有什么大问题，血已经止住了，班里同学笑话她，她不服气，跟一个男同学打了起来。"老师交代了两句，安慰道。

"×××，你进来！"一个高个子，皮肤黝黑的男生被叫进来，一脸的不服气。

"你道个歉，以后不许再打架了！"

那个男孩敷衍地朝着他们说了一句"对不起"，又瞥了一眼老师就出去了。

许秀涛看得出来妈妈很生气，他也很生气，但此时他们都不知道该说什么。姐姐自从上了中学后，就一直很沉默。家里不富裕，她穿得很破旧，上下学也没有交通工具，以前在小学都是一个村里的，大家从来不会说什么，上了中学后，同学中有些不怀好意的人，会因为这些事嘲笑和欺负她。

那天她和妈妈扶着姐姐一路走回了家，山上夜路很难走，到家时天已经完全黑了。他对山路的印象就是从那一天开始的。10公里的山路对一个9岁的男孩来讲，从上午到下午，几乎一直在走，他一点也不喜欢，而他也意识到，这条路，姐姐每天都必须走一遍。因为家里穷，他们买不起自行车从公路上骑过去。

这条路，是姐姐上学最近的一条路。

姐姐进了精神病院

你永远不会知道自己有多坚强，直到坚强变成你人生唯一的选择。

——佚名

许秀涛觉得姐姐越来越不喜欢说话了，甚至也不太愿意理他。她下午5点钟放学，回来的时候，山上的路已经黑了，动物的叫声、星星点点的坟墓，伴随着风吹着各种树枝的呼叫声，周围变得很阴森恐怖。他不知道姐姐是怎么熬过来的，他想帮忙，却不知道能做什么。

有一天爸爸回来了，他每次回来都会检查他们俩的成绩，这个纯朴的农民工没有什么特别的愿望，他只希望用自己赚的钱供他们好好读书，将来能有点出息。那天，爸爸看了姐姐的成绩后很生气，责备了姐姐几句。

姐姐变得越来越孤僻，也越来越敏感和暴躁。有一次，姐姐竟然在学校晕了过去，她已经无法继续适应学校的生活了，医院的诊断是建议进精神病院疗养。这个变故让家里的负担一下子加重了很多。爸爸不得不多打几份工负担姐姐的医药费，回家的时间也更少了。

许秀涛的成绩一直很好，但家里最近发生的事，让他心烦意乱，他为姐姐感到难过。姐姐住进了区精神病院，家里本来就很拮据，如今更是大部分钱都被拿去交了医药费。

他四年级的学费是 150 元，妈妈求东问西，把村里邻居的门都敲了一遍，才借到 100 元。许秀涛永远都不会忘记，那家人把 100 元扔到妈妈脸上的情景，他心酸极了。最后的 50 元，是他的数学、语文老师们帮他拼凑的。

过了六年级就要上中学了，他们附近只有那所姐姐上过的锦绣川中学。

那天，爸爸把他领到山上，指着远处中学所在的位置说："以后你就要走这段路去上学了，家里没有钱给你买自行车，绕公路太远，这是条最近的路，你是个男人，你要学会坚强。"

爸爸用镰刀开了一条路

千里之行，始于足下。

——老子

一直到上中学之前，许秀涛都不怎么喜欢跑步，他觉得跑步是件很累人的事情，跑一会儿他就会喘不过气来。

但是这个中学可比他的小学远多了，这是姐姐弃学的学校，每次想起姐姐走山里夜路回家后的精神恍惚，许秀涛都不禁感到害怕，但他是男孩子，为了减轻家里的负担，他一定要比姐姐坚强，他记得爸爸的话。

开学的第一天，他五点半爬起床，简单地收拾了一下，吃了两个馒头，带上妈妈给的几块饼干，背起书包就出门了。

山上都是碎石的土路，坑坑洼洼的，很多地方都被树杈挡着，很不好走，他磕磕绊绊地翻过了山坡，穿过树林，又绕过村庄和梯田，走了两个多小时，才到学校，同学们已经上了快一节课了。老师批评了他，上学第一天就迟到，他有些沮丧。

快到冬天的时候，下午 5 点钟放学，天已经快黑了，山上光秃秃的。一些老树的树干立着，像人影一样，有一些塑料袋挂在树枝上，风一吹发出嗖嗖的怪声，还有树林里不时传出的窸窸窣窣的声音，在黑乎乎的夜里让人感到尤为恐怖。

许秀涛很害怕，他一放学就拼命地赶路，他听到自己急促的喘气声，脚步落在地上刷刷的声音，石子翻滚的声音。从一开始黑乎乎的林子到看到远处一点点的灯光，到灯光越来越大，汗水顺着他的额头不断地往下流，他不断地加快脚步想逃离这片黑黑的山路，心里只有一个念头，快点到家！

有一天，他起得比往常都要早，走到山脚的时候，他发现之前挡着他的树枝中间出现了一条新的土路。他好奇地沿着这条土路往前走，走了十几米远，看到爸爸正弯着腰，拿着镰刀在劈着路边的枝杈。原来这条新的路是爸爸拿镰刀一点一点开出来的。

"你快点去吧，再过几天这条路就好了。"爸爸看到他催促着。

许秀涛不知道爸爸用了什么神奇的魔力，这条路在之后的每一天都往前延伸一段，一直到半个月以后，终于没有枝杈挡着他了。

他沿着这条爸爸用镰刀给他开的路，开始奔跑起来，实在跑不动了就走一段，然后再继续跑，就这样，慢慢地，他不再迟到了。

他习惯了奔跑着上下学，跑着跑着，他注意到树上被他惊起的鸟儿，山里的野兔被他惊扰窜跳着，池塘里的鱼也会突然摆尾，不敢浮出水面。看到自己引起的这些反应，他觉得很有趣，对跑步也不觉得枯燥了。他有时还会故意制造出一些动静来，跑的时候身体慢慢变热，呼吸也没有那么吃力了，浑身有一种通透的快感。

春天到了，他看着山一点点变绿，野花一片片开放，他感到整座山都因为他的跑步活了起来。

从冬到夏，他的速度也越来越快，跑步没有那么吃力了，上下学的这几公里山路，对他来说已经是家常便饭，他一个小时就可以到学校。

放学回到家，天还亮着。有时候吃完晚饭，邻居骑车的同学才到家。他不再惧怕跑步，反而越来越喜欢上这种感觉。

人生的第一个 500 元

最佳的出路，就在坚持向前的方向。

——罗伯特·弗洛斯特（美国诗人）

区里要开春运会了。

各个学校都忙着组织学生参加，锦绣川中学里也弥漫着运动的气氛，虽然平时大家的重点都在学习上，但毕竟被推荐参加区运动会是件挺新奇的事情，对于这些活泼好动的少年来说，心里不免都有一些小小的骚动，大家都在盘算着自己能参加什么项目。

一天，体育老师把许秀涛叫到了办公室："我想推荐你去参加区里的跑步比赛，我看你中长跑的耐力还可以。你看一下，选个自己比较有把握的项目，我给你报名。"

许秀涛对体育比赛还没有什么概念，也从来没想过自己要在什么项目上得什么名次，他拼命跑步来上学的目的，一直都是为了有更好的学习成绩，能考上一个好的高中。

那个时候，爸爸妈妈，包括周围的人，都认为考上一个好高中才是真正的出路，而他也听说，在这所学校，只有成绩在前五名的同学才有希望考取重点高中。

他不想因为参加比赛而影响学习，但又不好拒绝体育老师，所以只能勉强地点了点头。拿到报名表，他本能地选了 1500 米和 5000 米这两个项目。

"好好跑，如果得到好名次，还会有奖金。"看到许秀涛热情不大，老师特意嘱咐了一句。

这是他第一次听说跑步还可以拿到奖金。上学以来，他还从来没有得到过现金的奖励呢。

"如果能拿到钱，就可以减轻一些家里的负担了，也许还可以抵我的一部分学费。"想到这里，许秀涛有些激动起来，他决定好好跑一跑，争取拿到一个好名次。

许秀涛从来没有参加过正规的体育比赛，每天除了跑步上下学以外，也没有额外的训练。体育老师也只是叮嘱他用最快的速度跑，争取拿好名次。

比赛前一天，他既兴奋又紧张。想着第二天的比赛，想着自己一定要全力冲刺，用最大的力量去跑。比赛那天，他穿着校服和老师借给他的一双跑步鞋，那双鞋比他平时穿的大了两个码，他特意把鞋带系到最紧。他站在了起跑线上，跟他一起跑的有二十几个同学，都是其他学校的，没有一个他认识的，他们看起来都比他高，比他健壮，穿着运动背心和跑步短裤，还有一些他不认识的花花绿绿的标志，他努力强迫自己不去注意他们，把精力集中在自己身上。

枪响了，他一下子冲了出去，用了自己最快的速度，那些人一下子就被他甩到了后面。第一公里没有人追上他，但他很快就喘得像一头牛一样，因为跑得太急，他的胃开始不舒服，他不得不慢了下来，后面的人渐渐追了上来，一个、两个、三个……到3公里的时候，他的前面已经有了十几个人，他大口喘着气，努力摆动自己的手臂，胃还是不舒服，但他需要加速超过他们。

他从来没觉得5公里会跑得这么累，他用自己所有的力气坚持着，他把跑道想象成他上学的山路，沙土和石子在他脚下滚过，他不在乎，前面小朋友的手臂好像路旁的枝杈，他要绕过去。

继续跑就对了，慢慢地，身后推挤他的人不见了，身旁摆动着的手臂也越来越少，他喘得越来越厉害，有点上气不接下气，但他还是继续向前冲，眼睛盯着跑在最前面的那个人。还有最后400米的时候，他的前面只有两个人了，最后100米，他又超过了一个，终点到了，他得了第二名，1500米和5000米两个项目的第二名。

这算是一个不错的成绩，在他们那所中学，区第二名也是很可贵的。

他拿到了 500 元奖金，这 500 元可以帮助他交下个学期的学费，他高兴极了。班上一些平时不爱搭理他的同学也开始主动找他说话，看着同学眼中的羡慕和钦佩，看到老师鼓励的眼神，他感受到了努力的价值。

也是从那一天开始，他记住了冲刺的滋味。

到最后的时候，有些人会越跑越慢，而他，可以越来越快。

体育特招生

教育是一个过程，它让我们有能力把卓越的事物从其他重要级别中区分出来，而体育常常给我们展示出最卓越的事物。

——威廉·詹姆斯（美国哲学家、心理学家）

区运动会后，许秀涛一直沉浸在一种兴奋的情绪中。

体育老师鼓励他："继续努力，还有机会参加市运动会。"

他对这种更高一级的运动会充满了期待和憧憬，想象着自己能再次得到好名次。

于是，他把自己除学习之外的所有时间，都用在了练习跑步上面。

他每天比平时早起一个小时去操场跑步，跑完再去上早自习。中午吃完饭的 20 分钟，又去操场做练习。上体育课，自由活动时间，其他同学都在玩球，他绕着操场继续一圈圈地跑。

这样过了一段时间，同学们又开始嘲笑他，说他只会傻跑，还有人说他跟他姐姐一样，不太正常。

只有体育老师鼓励他："不用管别人说什么，去做你自己擅长和喜欢的事。"

到了市运动会的时候，他再次报名了 1500 米和 5000 米的比赛。

市级运动会的水平比区运动会高了许多，他明显感到场上的气氛跟上一次不同，观众比上次多了将近一倍，计时和规则都比区运动会更严格，参赛的学校也非常多，而且每个参赛对手的身材也更强壮。

这次，他用尽了全力，5000 米跑了 22 分 34 秒，1500 米跑了 5 分 23 秒，虽然个人成绩比上次提升了不少，但两个项目都只拿到了倒数的名次。

他有点蒙了，自己刻苦练习了半年，结果却是这样，是不是自己的跑步水平再也提升不上去了？究竟怎样才能更优秀呢？

比赛结束后的第二天，他去找体育老师。

"可能你的身体条件，不太适合专业的跑步吧，你的腿不够长，身体素质也不是太突出。"老师这次比较含糊，市运动会没有拿到好名次，他也有些失望。

许秀涛骨子里那股倔强和不服输的劲儿又上来了。

他想起自己在比赛场边看到的那些对手，他们比赛前会聚集在一起做些动作，那几个跑前几名的，一开始都没有他快，而且他们的跑步姿势好像跟自己也有些不一样。跑步一定也有一些技巧和方法，体育老师一直跟他说，比赛的时候只要大步往前冲就可以，他觉得不太对。

他跑到图书馆，去查阅这方面的运动书籍。

看了几本跟跑步有关的书，他有种恍然大悟的感觉。

原来跑步有这么多技巧，跑前要做热身，跑后要拉伸，短跑拼爆发力，中长距离跑拼耐力，还要注意平时的力量训练，呼吸的节奏和频率，步频和正确的跑步姿势……原来自己之前一直在采取错误的跑步方式和训练方法。

他仔细地把每个相关的技巧都记了下来，实在记不住的，就用本子写下来。接下来的训练，他按照书里讲的方法，一步一步地实践，腰腹力量，呼吸方式，配速的控制。这样过了半年，他再一次参加了市运动会。

还是那两个项目，这一次，他5000米的成绩是17分09秒，1500米是4分35秒，他拿到了1500米的第二名，和5000米的第一名。努力了一年，终于有了收获。

他感到跑步使自己找到了方向，但同时也意识到，他的爆发力和速度不足，他的强项是频率和耐力，跟体育老师商量后，他决定专注于5000米以上的中长跑项目。

很快到了初中三年级，这个时候，能考上重点高中、上大学，是大家心目中唯一的出路。许秀涛也不例外，他的爸爸妈妈，最大的期望就是他能考上大学，而考上重点高中，是上大学最大的希望。在他们这个地方，只有历城一中是唯一的一所重点高中，根据他们历年的成绩，他所在的初中，只有排名前五位的，才可以上这所重点高中。但他的成绩远远不够。

这时候，跑步又给了他新的惊喜。班主任老师告诉他，历城一中有体育特招生，其中包括中长跑项目，如果可以达到他们的特招标准，可以减免90分，这真是特大的好消息！

5000米的特招标准是17分钟以内，参加测试那天，他稳住自己的呼吸，开始比平时略快，到最后一公里用出了最大的力气去冲刺，他跑到了 16 分 57 秒，通过了特招的标准，这意味着只要他统考的文化课成绩达到中等水平，就可以被录取了！

初中三年级的学习任务很繁重，许秀涛的文化课成绩一直处于中下水平，他把很多时间用在了跑步训练上，一方面是因为跑步可以缓解他的学习压力，成绩不好、心里不痛快的时候，跑步可以释放掉很多坏情绪，另一方面，跑步可以抵分数，他必须要让自己保持这个优势。

好在姐姐的精神一天天好了起来，可以自己正常独立生活了，这让家里的气氛缓和了不少。

但是，在初三统考的时候，他的文化课成绩还是没有达到历城一中的录取标准。作为特招生，历城一中给了他一个建议：一次性交 2 万元赞助费，他就可以被录取。

2 万元，这对于还没有还清欠债、整天省吃俭用的父母来说，根本是不可能的。要么复读，要么去上技校，许秀涛选择了复读，此时，在家里人和他自己的心目中，能够上一所好的高中，依然是唯一的出路。

他下决心利用这一年让自己的文化课成绩有一个大的提升。

数学是他最薄弱的科目，为了让数学老师额外给他补课，他用自己假期打工的钱买了两瓶白酒送给老师，数学老师并没有收下，但对他却耐心了很多。

平时碰到解不开的难题，他会缠着班里学习好的同学一遍遍地问，有时候一道题钻研一个小时，就这样，他靠着花死功夫，数学成绩终于有了起色。

第二年，他中考的数学成绩从 67 分提升到了 95 分，而且再次通过了跑步特招生的标准，他终于考取了自己梦寐以求的高中。

这是他第一次凭自己的跑步和头脑，争取到的成功，他高兴极了。

为了多些时间学习，他这段时间一直在住校，他赶紧跑回家，想把这个好消息告诉父母。但是一进家门，他却发现家里在戴孝，原来爷爷奶奶在他忙于考试的这段时间去世了，家里人怕影响他学习，没有告诉他，他失去了见两位老人最后一面的机会。

他放假的时候，曾经被送到爷爷奶奶家住过一段时间。

两位老人很慈祥，除了在生活上照顾他之外，还教给他很多做人的道理。爷爷常常对他说："就算穷，也不能靠欺骗别人去赚钱。"他一直记得。

一想到再也见不到他们，他再也没法儿把他考取重点高中的好消息告诉他们，许秀涛心里就有一种说不出的痛苦，他第一次体会到了失去亲人的感觉。

原来，考取一个好高中，在父母心中是这么重要的一件事。

也许，这就是他们这个家改变命运的唯一希望。

千军万马下的独木桥

不管命运如何降临到我们身上，不可太高兴，也不可过分悲伤。

——亚瑟·叔本华（德国哲学家）

坚持还是放弃？这是许秀涛在未来很长时间里，一直在心里反复思考的问题。没想到，第一次感触最深的经历，却发生在他终于上了梦想的重点高中之后。

除非死亡，否则人生没有哪件事是最后的终点，就像许秀涛终于考上了重点高中一样，他发现高中生活远没有他预想的那样好。

也正如这世上所有的独木桥一样，在这样的重点高中里，大家的目标只有一个，就是考上大学。

学习成绩是这里唯一，也是衡量一切的标准。

刚刚进入高中的许秀涛学习压力更大了，他的学习基础比较薄弱，很多课程读起来都很吃力，别人轻而易举能掌握的知识，他可能需要花上两倍甚至三倍的时间，他没有别的办法，只能比别人更努力，花更多的时间在学习上。

老师对成绩落后的同学会反复督促，如果有人把时间用在与学习无关的事情上，那几乎是不可原谅的事。

他几乎没有时间再去跑步，他的跑步特长，除了被老师指定为班里的体育委员，负责课间跑操之外，似乎也没有可以发挥的余地。日复一日的学习，让他觉得很枯燥，他怀念自己奔跑的感觉，怀念风吹在脸上，清凉的、汗水挥洒的感觉，但把宝贵的学习时间，用在跑步上，是件非常奢侈的事情。有时上着课，他会呆呆地看着操场上的跑道神游一会儿，怀念着以前跑步的感觉。

就这样，跑步的热情渐渐被现实学习的压力抹平了。

一天，老师让大家在操场集合跑操，2000米。

他像平时一样组织大家站队，但没有人听他的，除了必要的体育考试，这种课间操活动就像平时下课的自由活动时间一样，是没有人重视的。大家嘻嘻哈哈喧闹着，一直安静不下来。

眼看着集合了10分钟还没有站好队，班主任老师急了，对大家喊道："让你们跑个步就这么难，一点精神和意志都没有，这样下去，学习效率肯定也不高，你们知道咱们的体育委员是练什么项目的吗？"听老师发话了，大家这才安静下来。

"他是跑10000米的，这才是有意志有精神。"

话音刚落，同学们又嘻笑了起来："老师，他是跑5000米的，不是10000米。"

"5000米都跑了，10000米还能难倒他吗？"老师用坚定的口吻斥责道。又用鼓励的眼神看了一眼许秀涛。

许秀涛心里一震，他已经很久没有听到有人在他面前提起跑步的事情了，老师刚才的话让他觉得，自己跑步是一件非常光荣的事情，而且 10000 米，如果自己可以把 10000 米跑好，是件特别让人尊敬的事。

可能是被老师强硬的口气震慑了，又或许 10000 米在这些孩子心中是一个值得尊敬的数字。大家安静了下来，开始跟着许秀涛的步伐绕着操场跑。

那次，大家的口号声格外响亮，步伐也比平时整齐有力，之后的跑操也变得积极多了，这是许秀涛第一次意识到，跑步可以去带动和影响别人。

在这个学校里，除了学习成绩，还没有一件事可以赢得别人的尊敬。10000 米，不过是再多跑一个 5000 米，上了高中以后，他一直被周围的学习氛围带着，觉得跑步是件没用的事情，现在，跑步让他重新得到了同学们的尊重，他的跑步的热情又重新燃烧了起来。

他开始恢复跑步的训练，一开始的恢复是痛苦的，因为中断了半年，他的心肺耐力都下降了很多。

第一天，呼吸困难、胸口发闷，他瘫倒在操场上。第二天，他还是很累，脚和腿都抬不起来，勉强跑了 3 公里。第三天，他继续坚持下去，痛苦越来越轻，跑得也越来越远，一直到重新跑到 5 公里、10公里。

终于，那种畅快的感觉又回来了。他喜欢身体慢慢变热，感受风吹在脸上，汗水痛快地冒出来的感觉。跑步的时候，没有人跟他说话，周围的世界仿佛一下子安静了下来，他听着脚踏在地上沙沙的声音，风拂过耳边的丝丝声，自己均匀的呼吸声。跑完了，他喜欢躺在操场上看天上的云彩，来来往往，卷起又舒展开来，他感到平时紧张的情绪被缓解了，心情也越来越轻松。

他更积极了，学习成绩也一点点赶了上来，从倒数升到了班里的中等水平。

他想，跑步是他真正热爱的事，如果可以用跑步来证明自己，他愿意一直这样跑下去。

高二的时候，学校又推荐他去参加区里的 5000 米比赛，他拿了冠军，又过了一段时间他参加了 10000 米的比赛，拿到了第二名。得到了好名次，学校和老师都很高兴。

一天，学校的体育主任找到他，对他说："你的跑步能力很突出，但是学校没有专业的培训可以提供给你，你可以依靠跑步的特长去考取特招的大学，或者去专业的体育院校。"

这是他第一次听到跑步可以是一种专业，也能成为一个发展方向。

"如果跑步是我喜欢和擅长的事情，为什么不能靠跑步改变自己的命运呢？"这个想法在许秀涛心里越来越强烈。他想看看，自己靠跑步究竟能走多远。

一方面跑步又重新回到了他的生活中，他很开心，但另一方面，家里的经济状况并没有好转，学费一年一年地缴着，每次要缴学费的时候，都是家里最难熬的时候，而他只能眼睁睁地看着爸爸东拼西凑积攒他的学费，什么也做不了，接下来，他还要上大学，家里会继续为他的学费发愁，他感觉到自己越来越迷茫了。

放暑假之前，老师通知他们，开学前缴 2000 元学费，500 元住宿费。每到这个时候，都是他最害怕的时候。

回到家，爸爸拿出一个塑料袋，里面装满了皱巴巴的零钱，对他说："家里就这些钱了，你拿去缴下学期的学费吧。"

他看了看爸爸斑白的头发，因为常年在工地劳作，他比同龄人显得苍老，50 岁出头，却看上去像有 60 多岁。一旁的桌子上摆着吃剩的半个黄米面的馒头和咸菜，那是他们家最常见的伙食。

他对父亲说："爸，我这个暑假出去打工吧。"父亲什么也没有说，只是沉默着点了点头。

16 岁的农民工

从未有人说过，选择是顺利的、稳妥的。我们与生命之间不是契约关系，每个人来到世上的目的也不只是回避痛苦和享受快乐。

——（美）乔治·希恩《跑步圣经》

每个寒暑假许秀涛都会找些事情做，有时候是抓山里的兔子去镇上卖，有时候是去工地搬砖，只要能赚钱，交他的学费，他什么都愿意做。

这次，他到了离家远一点的济南，想着大地方能多赚点钱。

他跑到农民工聚集的农贸市场去碰运气。路边有个牌子上写着"招小工，搬家公司"。

他兴奋地走了上去问："我可以试试吗？"

一个工头模样的人打量了他一眼，很快说道："可以，跟我来吧。"

他跟着那个人来到了一个简陋的工棚里，里面有二三十个床铺，躺着的都是一些又黑又瘦的男人，身上的肌肉很结实，一看就是经常做体力活的。

他们的工作是按工头分配的地点，去给需要搬家的户主搬东西，一天 50 块钱。

许秀涛在这里最小，他只有 16 岁，但是搬东西的时候，并没有人会给他额外的照顾，那些重的、难拿的东西，反而会经常落在他身上。

搬的时候还要特别小心，不能有损坏，或者磕坏其他东西。

一天，他们的搬家车在倒车的时候不小心刮到了旁边停着的一辆轿车，警报器响了，车主听到声音后赶紧下来查看。轿车的前保险杠上被蹭掉一块漆，车主很心疼，拉着他们的工头质问起来。

工头摆出一副无辜的样子，指着许秀涛说："实在不好意思，是这孩子开的车，他农村来的，家里穷，您大人有大量，原谅我们这一次。"

许秀涛呆住了，他没想到自己无缘无故就蹚了这摊浑水，更没想到，这个工头会利用他来博取同情和原谅。但是，工头一直盯着他，向他使眼色，他突然意识到，如果不配合的话，他今天的工钱就泡汤了。

一想到要失去工钱，他只好硬着头皮，附和着说："叔叔，对不起，是我不小心。"

车主看着瘦小的许秀涛，看着他黄黄的脸色和身上破烂的衣服，无奈地摇了摇头。

对他们说："算了，你们走吧。"

那天收工以后，当天开车的工头，并没有额外多给许秀涛钱，他只是拿到了自己应得的那 50 元。

平时走在街上，搬运工身上的灰尘，和被汗水浸透的衣服的气味，都会使街上的行人尽量躲着他们，但他从未觉得自己有什么抬不起头的地方，他在用自己的劳动换取报酬，他没觉得丢人。

但是，这一次他撒了谎，想到爷爷说的"穷不能成为骗人的借口"，他就觉得更加难受。

他感到今天赚的这 50 元钱是如此屈辱。

夏天工棚里非常闷热，气味也不好闻。有一天没有活儿的时候，他跟工头提出，想去公园里走一走，工头答应了。他在外面散了一会儿步，呼吸了一些新鲜空气，又找到一个树荫活动了一下酸痛的手臂和双腿，感觉好多了。快到吃晚饭的时候，他回到了工棚。

住在他旁边的工友，看到他回来了，随口说到："嘿，拿点钱给我买烟啊。"

他愣住了，没有明白什么意思："我是去公园散步了，没有钱啊。"

"小子你懂不懂规矩？"

"什么规矩？"他彻底迷惑了。

还没等他继续问，一个巴掌已经扇了过来，他被打得眼前直冒金星，又惊又气，那人悻悻地走开了。

后来，一个好心的工友上来告诉他："没有活儿的时候出去走，休息完了回来是要给资历老的工友买烟的。"他这才明白自己为什么挨打，他怎么可能知道这些。

他搞不明白这些社会规矩，只有躲，干了半个月之后，他领了800 元钱和一肚子委屈，回到家里。

开学了，他终于凑齐了这学期的学费。

但一想到还有下个学期，还有考上大学以后的大学学费、生活费，那不是需要更多的钱？

想到自己的父母还要承受这么大的经济压力，父亲已经在打两份工了，为了多赚出一份钱，晚上经常半夜才回来。

母亲每天在田里干活，经常累得直不起腰，回到家要过上很久才有力气去做饭。

姐姐还没有工作能力，不能分担家里的负担。

等到他大学毕业，至少还需要 6 年的时间。

就算考上了大学，还是要自己找工作。

他对自己的未来越来越迷茫。

只有一个信念是他一直坚持的，就是要帮助家里尽快摆脱经济上的贫困。

他想靠自己的力量独立，做自己擅长、能有收益的事情。

而跑步，是他目前唯一擅长，并且有希望的一件事。

考大学是唯一的出路吗

在通往真理的道路上，一个人只可能犯两种错误：没有坚持到底，和没有开始。

——佚名

在高中二年级的下学期末，他提出了退学，去上专业的体育技校。

这下，老师、同学，还有父母，都觉得他疯了。

好不容易考上的重点高中，要放弃，去跑步。周围的人都觉得太不可思议了。

同学们说他没有坚持学习的毅力，甚至有人说他苟且偷生、不务正业，母亲更是气得暴跳如雷。她不能理解，辛辛苦苦，好不容易供儿子上了重点高中，考大学终于有希望了，他居然说放弃就放弃了。在她的意识中，把跑步作为自己人生的方向和出路，简直就是走火入魔了。

父亲在短暂的错愕过后，倒是冷静了许多。他有些理解儿子对跑步的感觉，是他鼓励儿子奔跑着上学，看着儿子在跑步比赛中拿奖，收获荣誉，他觉得不妨让这个孩子自己出去闯闯，也许可以成就另一番事业。只要他肯努力。

父亲的态度给了许秀涛莫大的支持。

他通过初中的体育老师，找到济南市体校负责中长跑训练的牛教练，辗转上了济南市体校。开始了他跑步的半职业生涯。

一开始没有宿舍，他在外面租了一间150元一个月的房子。

济南的夏天非常热，屋里没有空调，白天屋子被暴晒后，到了晚上，要等很久才能进去住。

他在街边溜达的时候，看到一个路边的烧烤店在招小工，8元1个小时。

于是，他白天在体校训练，晚上做小时工烤串，边贴补生计，边避暑。

直到有一天，教练看不下去了，帮他找了一间宿舍。

体校不分班级，只分项目，各个年龄段的初、高中生被分在一个组里。中长跑项目的同学大部分都黑黑瘦瘦的，眼里闪着机敏的光，上下打量着他。许秀涛的年龄在这个组里既不算小，也不算大。但瘦弱的身材让他看上去比实际年龄要小很多。

大家都是新生，彼此都不太成熟，一开始训练，大家都在试探，慢慢才拉开差距。

虽然在区运动会上拿过名次，但在这些市级半专业选手中间，许秀涛只能算是个中游的水平。

没有经过专业的训练，他的基本功并不扎实，体能也不占什么优势。

之前在跑步上稍微建立起来的自信心又受到了打击。

而对在体校的生活来说，这还并不是最让他难受的。

熟悉了环境之后，那些年龄和体格占一些优势的孩子，就开始欺负起年龄小的同学来。洗袜子、刷鞋、跑腿是经常的事。

一天，一个年纪比他小、平时跟许秀涛相处得还不错的朋友，被同宿舍的一个粗壮的高年级同学要求去买零食。很晚了，外面已经天黑了，那个朋友没有像往常一样顺从他，脸上被打了一拳，鼻子被打出了血。许秀涛看不过去，他下床想去阻止，但还没等他上前护住他的朋友，几个平时跟那个高年级同学一起的人，就一哄而上，把他揍了一顿。

他一个人打不过他们，也不会跟人打架。那天晚上，他蜷缩在床边，想哭却没有哭。也许是因为从小吃过的苦，经历过事，他习惯了一个人去解决问题。

遇到这样的事，他接下来要怎么办？

他盯着窗外的月亮想了很久，他可以去找教练，告发他们，但他并不想这样做。

他想到自己离开家来到这里，是为了接受专业的跑步训练，这里有他需要的训练环境，而愿意到这个环境里来的人，大部分都是学习成绩不好、没有考上高中，也没有什么明确的前进目标的孩子，他们习惯了用武力去赢得尊重。

而他不一样，他把跑步当作他人生的目标和希望，与其跟他们纠缠，不如把这些困难化成磨炼意志的动力，努力提升自己的跑步水平，把他们都比下去。

只要能在市级以上的比赛里证明自己，就可以得到专业资格的推荐，就能早一天离开这里，这才是他来这里的意义。

想明白了这些，他决定更刻苦地训练。

那些年龄大的孩子，依然欺负他，他每被欺负一次，就去操场疯狂地跑一次，他把跑步作为发泄心中委屈和逃避这些孩子的手段。跑完回来，他也不跟他们起冲突，该做什么做什么。

有时，因为跑得高兴了，他反而把这些同学当成自己的朋友一样照顾，主动帮他们做事情。慢慢地，因为他的淡定和不计较，那些年龄大的孩子也不再刁难他了，宿舍里的气氛慢慢融洽起来，他的跑步水平也有了很大提升，他已经成为这个组里的佼佼者。

一年之后，在山东省运动会上，他拿到了 10000 米第二名的好成绩，被举荐到了铁道部体育协会，成为了一名专业的运动员。

这意味着，他可以离开市体校，进入专业的省级运动训练基地。

省级运动基地，也是国家队选拔体育人才的专业基地。

海边的训练场

每天清晨，羚羊都知道，它必须跑得比最快的狮子快，狮子知道，它必须跑得比最慢的羚羊快。

不管是狮子还羚羊，太阳升起时，都要开始奔跑。

——（美）克里斯托弗·麦克杜格尔《天生就会跑》

铁道部体协训练基地，也叫火车头马拉松训练营，在山海关。

17 岁的许秀涛用自己卖烤串攒下的 90 元钱，买了一张火车票，这是他第一次去离家这么远的地方，也是他第一次坐火车。火车晚上 9 点出发，第二天早上 6 点到。

坐上火车，他有些忐忑。他不敢看手机，怕又是妈妈告诫他不要做傻事，回去上学。他已经办完了高中的退学手续。

他还记得办手续那天，同学们看着他的异样的目光，记得班主任老师反复跟他确认了好几遍"你确定要退学吗？"，看到他坚定地点了好几次头之后，才最终签了字。在家乡人，包括妈妈的眼中，他现在的选择简直跟疯子没有两样。他们认为，学习是唯一的出路，再苦再难也要坚持下去。

但他并不这么想，无论上不上大学，最后都是要自己找出路。他要通过自己的力量改变家里的经济条件，不再让父母为了自己承担更多的压力。

既然跑步才是自己擅长和热爱的事，为什么不早一点追求自己的奋斗目标？他要通过跑步改变自己的命运，改变人们的观念。

他身边坐着一个要去辽宁打工的农民工，30多岁的模样，一张黝黑朴实的脸。听他说起要坐上两天的火车，许秀涛一下子觉得自己一晚上的颠簸不算什么了，他的心情慢慢放松了下来。

他们聊了一路，大哥脸上的笑容特别温暖。他到现在也依然很喜欢跟农民工朋友聊天，他觉得他们的每一个笑容都是最真诚的。

下了火车，他联系了训练队的朱教练，带着一包随身的衣服，徒步几公里，找到了训练基地，基地在离长城山海关不远处的一座小山丘上面。

安顿下来后，他熟悉了一下训练场地。这里有一大一小二个山坡，都是土路，小一点的山坡一圈 500 米，大的山坡一圈 1 公里，是羊肠小路，中间穿插着上坡和下坡。室内的训练场里放着一些海绵垫子，基本上就是全部的设备了。

中午开饭的时候，一个胖胖的、厨师模样的阿姨负责做饭。阿姨是东北人，身材高大，性格爽快，她操着浓重的东北口音问许秀涛："喜欢吃啥哈……""哈"字拖得老长。

阿姨做饭很快，每顿都不重样。这天中午做的是西红柿炒鸡蛋、鸡肉炖土豆、米饭，简单，但是味道很好。

连续几天，都只有许秀涛一个人，朱教练告诉他，队里的其他人放了几天假，因为要备战全运会，所以过年就没有假，安排大家提前休息。

他一个人绕着山坡先开始训练，慢跑，周围非常安静，自己掌握训练强度，那是他感到最轻松的时候，是之后很多年还依然怀念的时光。

过了几天，队友们都回来了，男孩女孩，加起来差不多有 20 个人。其中有几个藏族的队友，他们的皮肤晒得很黑，身体虽然很瘦，但看起来很有力量。两个大男孩，一个叫万玛，另一个叫索南，还有一个女孩子叫五毛角。许秀涛觉得他们的名字有些奇怪，像是某种祈祷，感觉美好而又神秘。

大家年龄相仿，很快就熟络起来，偶尔还会交换一些自己家乡的事情。

训练生活很规律，每天5点起床，晚上9点睡觉，中间有6到7个小时的训练时间，分晨练、上午训练和下午训练三个时段。

一开始的恢复性训练强度不大，教练只要求大家在山坡上慢跑60分钟，自由控制速度。他们喜欢到后面的大山坡去跑，那里沿着山海关海岸线，小树林里开着野花，沿着踩出来的羊肠土路，跑一圈是1公里，有点小小的越野的感觉。每次跑完以后做10分钟的拉伸，然后锻炼腰腹部力量，仰卧起坐，背翘起，以及引体向上等训练。晚上集中踩腿，帮助把白天训练紧绷的肌肉放松，避免肌肉过度僵硬、结节，影响到以后的训练。

之后的早上，教练会开着车带他们去公路口，然后让他们沿着一条高一些的山坡，来回折返跑。先冲上去，再下坡，自己感觉速度。最后一次，要求用最快的速度冲刺，教练在前面开着车，看着后视镜冲他们喊，快点，再快一点，仿佛每个人的速度都达不到他的预期一样。这是比较灵活的训练方式，除了最后冲刺外，教练不会告诉你一开始怎样跑，完全凭每个人的领悟，感受如何可以跑得更快。

这样反复几次下来，许秀涛慢慢掌握了一些自己的配速技巧，上坡匀速，下坡会快一些，一开始保持平稳，给最后冲刺保存体力。上坡时步伐不要迈得太大，身体微微前倾，挺直腰背，小步快跑；下坡用惯性的冲力，平衡好身体，再把速度提上来。跑完之后，无论多累都不能停，要缓慢地跑一会儿，调整呼吸，让身体恢复到平稳的心跳。他最喜欢感受这种从快速心跳到血液回复平稳的状态，感觉浑身通透舒畅，特别舒服。

他们也会采取一些间歇跑训练，先全速冲 2 公里，然后用一半的速度跑 1 公里，然后再全速 2 公里，如此反复。

每三天有一次 20 公里训练，从每公里 4 分 10 秒起步，然后一直刷，后 10 公里开始提速，最后 1 公里要跑到最快的速度，3 分 20 秒左右。

速度一直不是许秀涛的强项。在一次 20 公里训练的最后，他速度上不去，甚至连女队员都超过了他。最后，他被教练罚做 200 个俯卧撑。他只做了 50 个就做不下去了，筋疲力尽地趴在地上。

教练对他说："记住，你这次只做了 50 个，下次要做到 200 个。"

他什么也没有说，使劲地点了点头。

在那之后，每天晚上大家都睡下了，他又独自去训练，在皎洁的月光下，热身，奔跑，加速。一直到他最终能达到冲刺的速度为止。

作为调剂，教练也会安排他们做一些劳动，比如挖坑种树。男生负责挖坑，女生负责铲土，一干就是一天，有时一天下来，腰酸背痛，感觉比训练还累。甚至连厕所堵了，也需要他们自己想办法，去疏通地下的淤泥和杂草，一开始大家都有些不习惯，有时甚至认为这是教练故意刁难他们。

其实这是教练训练他们的另一种方式，目的是锻炼他们的身体协调性和吃苦的意志力。许秀涛能理解，他反而觉得这段生活很有趣。

他们的手机在平时是被没收的，只有周末休息的时候才会发回来，除了跟家里打电话、发短信，他甚至连ＱＱ都还不太会用，基本上是跟外界隔绝的状态。

每周末有一天休息时间，他们会结伴到街上闲逛。队里一天的生活补贴是60元，许秀涛记得自己花80元钱买了一套专业的轻量运动服，虽然是老款，但穿起来很舒服。还有跟队友们溜进废弃的军区大院，在大炮和坦克旁比画着合影。

这里虽然没有专业的器械，只有海绵垫子，山上的土坡，15平方米8个人的宿舍，但是有山边那宽阔的海岸线，树林里的树种和野花，还有来自队友们的那些纯朴的情谊。

朱教练没有用机械化的、高强度的训练量去要求他们，而是教给他们必要的技巧，以及精神上的专注度和意志力，引导他们去发挥自己，调动他们的潜能。他用一些最简单、朴实的方法，使许秀涛了解到了长距离慢跑、间歇性训练、力量训练，以及如何配速、冲刺这些专业的知识。

那是他在专业队时最美好的一段时光。

第三章　狂喜与失落

关于在篮球比赛中的暂停，能做的其实不多，只是告诉他们最擅长的事情。

——NBA 篮球教练

海边的训练生活过得有条不紊，每隔一段时间，国家队的教练就会来队里看训练，大家心里明白，这是在筛选有资格进国家队的选手。一到这个时候，队里的气氛就会变得凝重起来，大家都不再说话，训练的时候也格外专注。每个人都想跑出最好的成绩。

10000 米的试训，许秀涛在队里的排名是第三，他始终不是最快的那个。国家队的人来了两次，走了两次。第三次的时候，他努力跑到了第二名，跑完了，那些在跑道边站着的教练们正要转身走开。

他跑了过去，鼓足勇气问："教练好，我可以跑更远的距离，马拉松或者更多，可不可以让我试一试？"

没有人说话，一个五十来岁，面容坚毅的男人停下来，仔细打量了他一下，问道："你多大年纪？"

"18 岁。"他如实说。

"你跑过马拉松吗？"

"没有，但我想试试。"

那人什么也没有说，转头走了。

没有得到回应，许秀涛有些失望。

接下来的日子，他每次跑完规定的距离后，都会有意识地多跑一些。

第四次，那批人又来了。这次，他们让队员们先跑一个半马的距离，然后根据自己的体力再继续跑，自由选择路线和速度，直到跑不动为止。

他沿着跑道跑了 30 公里，又跑到山坡上转了好几圈，直到发现其他队员都不跑了，只有他一个人还在继续。

"好了，不用跑了。"上次那个男人在远处冲他摆了摆手，喊停了他。

吃过晚饭以后，他被朱教练叫了过去。

进了教练办公室，那位教练正坐在桌前。

"这位是国家队的王教练，专门负责培训国家队的马拉松选手。"朱教练向他介绍说。

王教练站起来，拍了拍他的肩膀说："你跑得很好，虽然不算快，但你年轻，耐力不错，你跟我去国家队吧，准备备战伦敦奥运。"

他什么也没说，激动地给王教练鞠了三个躬，又转身给朱教练鞠了三个躬。

就这样，他终于进了朝思暮想的国家队。这个他视为跑步顶级殿堂的地方。

王教练的训练非常严格，无论大小。他百分百服从，他从心底里敬重这里。

队里有三个训练基地，夏天他们在黑龙江的五大连池，冬天一半的时间在秦皇岛，其余的时间，都在青海的多巴高原。

训练非常艰苦，每天要刷一个半马，1小时10分钟跑完，一天3次训练。

场地大多是山野土路和柏油公路，偶尔会穿插一些塑胶跑道和沥青路面。

五大连池是个风景优美的地方，他们在那里跑完以后会去泡冷泉，从30多度的户外进到6度左右的泉水里浸泡半个小时左右，然后再出来晒太阳，一直到出汗，这是一个快速恢复的过程，可以让身体迅速消除疲劳。

在秦皇岛，他们做阻力训练，沿着老龙头的沙滩跑，或者是从岸边向海里跑，一直到水没过膝盖再折返回来，50米一组，连续做5组。

在盘山公路上跑 30 公里。教练开着越野吉普车，用弹力带拉着他们做配速。一次，一头黄牛冲过公路，打算从连接着吉普车和许秀涛的弹力带中间穿过去，吓得他赶紧快跑着从黄牛的前面绕了过去。

教练还会安排他们做梯形训练和间歇跑。先跑 5 公里，再跑 3 公里、1 公里，每次配速都要求提高，到最后 1 公里必须是最快的速度。

青海的多巴高原，海拔将近 2400 米，空气稀薄、植被稀少，是全亚洲海拔最高、最大的耐力训练基地，训练的内容是越野。艰苦的自然环境和高原地形，主要锻炼队员们的心肺能力和肢体力量。

在这里，他认识了很多优秀的师哥师姐，他们一个比一个刻苦，也非常照顾他。他发现，由于长时间高强度的训练，队里几乎每个人都有运动损伤，肌肉撕裂、跟腱断裂是常有的事，身上的旧伤刚刚好一点，马上就继续训练。他从来没有见过哪个地方有这些人这么拼命，又这么执着，每个人都在挑战着自己的极限。

许秀涛已经习惯了吃苦，有了省队的底子，他成绩提高得很快，马拉松已经可以跑到 2 小时 18 分，可是，他得了脂肪垫炎，一种膝盖的运动劳损，跑起来，膝盖会有针刺般的疼痛，他咬着牙坚持训练了两个月，疼痛越来越严重了，这种损伤如果要彻底恢复，必须有一个比较长时间的休息期，这样就势必会影响他的训练和参赛。

很多持续的高强度训练都会发生这种情况，一旦造成不可逆转的损伤，即使停止训练，也有可能会造成永久的伤害。

他很快就到了可以参加世界比赛的年龄，但如果继续训练，他受伤的概率将远远大于他代表国家队参赛的概率，甚至会造成永久性的残疾，这不是他想要的。

他想要的是持久追求自己希望的能力。

有些路，只有走到了尽头，才发现那不是自己想去的地方。

正如在家乡人心目中，只有考上大学才是学习的正道一样，在跑步训练的路上，能够入选国家队，代表国家参加世界比赛，曾经是许秀涛心目中至高无上的荣誉。

这是一个痛苦的过程，他纠结了很久，最终决定暂时退出国家队。先把伤养好，然后再想办法去追求自己的跑步梦想。

就这样，他退役了，拿到了 5000 元补助。

这一年，他 19 岁，生活似乎又重新回到了起点。

第四章　屡败屡战的三进北京

跌倒七次，要爬起来八次。

——日本谚语

去哪里好呢？

他想到了北京，在国家队训练、参加比赛的城市里，他对北京的印象最深，那里的道路开阔、高楼林立，雄伟博大的气势吸引着他。

他想先找一份工作安顿下来，从最简单的做起。

他沿着街边的小卖部、饭馆一家一家地问："要人不？"
"以前做过什么，有学历吗？"
"我是跑长跑的，不挑活儿，什么都能干。"

"不行，没经验。"

"北京不需要跑步的。"

问了两天之后，他有些气馁，一个面色和蔼的男人跟他搭讪："小伙子，想找工作吗，我可以帮你。"他很高兴，于是就把自己的窘境一五一十地跟这个陌生人说了。

那人耐心地听完："工作我可以给你找到，三天之内就可以上班，不过要3000元押金，等上了班就退给你。"

想到马上就可以找到工作，他没有多想就答应了，那人递给他一张纸，写了一个电话号码。

"你可以打这个电话找我。"

他当场试着拨了一下，手机响了，他把3000元给了这个陌生人。

然后，等了二天，没有音信。

他把电话拨了过去，只听到"您所呼叫的用户已关机"。

他慌了，又试了几次之后，他终于意识到自己被骗了。那是他仅有的一点补助积蓄，加上来回的路费，他现在已经没有钱了。

多年的封闭训练让他与社会几乎隔绝，他习惯了本能地去相信别人。

带着满心的悲愤和酸楚，他回到了家。父亲很生气，但没有过多地责备他，只是默默地带着他去工地干活。他在烈日下搬砖、砌墙，跟父亲一样做起了建筑工人。

这样过了一个多月，看着自己被晒脱皮的背，看着每天疲惫劳碌的父亲，他觉得自己不能就这样过一辈子，不能就这样放弃了，他第二次来到了北京。

这次，他没有说自己是练跑步的，凭着之前卖烤串的经验，他在一个饭馆找到了一份打杂的工作。住不起旅馆，他就跑到网吧刷夜。白天在饭馆打工，晚上回到网吧睡觉，别人在打游戏，他累得趴在桌子上。有时天亮了，他还在睡，好几次都是被网吧老板摇醒，告诉他时间到了。

一天，他睡得正香，突然感到一阵眩晕，身体打了几个滚。他惊醒，发现自己倒在网吧的台阶下面，头上有点热热黏黏的东西，抬头看到网吧老板正瞪着他。

"都几点了，你在这里睡了这么多天了，我这儿不是旅馆。"

原来这个网吧老板叫烦了，这次直接把他从椅子上踢了下去。

他的头撞破了，那个黏黏的东西是流出来的血。

周围上网打游戏的人都呆了，看着他。他又惊又气，但更多的是感到一种屈辱。

没有了住的地方，他再一次回到了山东老家。

看到头上绑着的绷带，平时温和的父亲，终于发火了。

"不要再去了，那里不是咱们能待的地方。"

这次，他不忍心父母再为自己操心，联系了一个体校的同学，去济南体校当上了助教，负责体校中长跑项目的训练。这个工作对他来说对口，又没有难度，每天看着孩子们练跑，他觉得像看到了几年前的自己。但是，他的跑步梦想呢，他感觉得自己身体的力量还没有燃烧起来，就这样熄灭了，他不甘心。

于是，第三次，他来到了北京。

他给自己下了个决定，"这将是最后一次，无论如何，必定成功"。

带着简单的铺盖和一包泡面，他找到了一个晚上睡觉的地方，地铁里面的地下通道，那里晚上暖和，没有风，还有一些无家可归的人，大家扎堆，一起过夜。
天亮了，他就去跑步，找工作。

这时是 2013 年，北京清晨的街头，已经开始有一些路跑的人。

一天，天刚放亮，许秀涛正收拾铺盖，突然看到一个 40 岁左右的中年男人，穿着跑步的衣服和鞋，从他身旁跑过，这是他这么长时间以来，第一次在北京街头看到跑步的人。
他非常兴奋，赶忙追了上去："你好，我是练跑步的，可以跟你一起跑吗？"
出于一种本能，他眼下只想跟这个人一起跑一跑，仿佛是看到一个久违的老朋友，那人扫了他一眼，没有说话，继续自顾自跑着。
许秀涛边跑边说："我以前是专业的运动员，练的是马拉松。"
那人又打量了他一下，还是没有说话，一个专业的跑步运动员，跑到地下通道打地铺，还莫名其妙上来搭话，放到谁身上，都会觉得奇怪。

就这样，他们一起跑了一段，直到对方停下来做拉伸，而他继续绕着旁边的公路又跑了好几圈。

一连几天，那人都没有理他，而他则会每次都陪着他跑，还会在他停下来的时候，给他示范一些专业的拉伸动作。

直到有一天，这个大叔终于开始跟他聊天，他们从跑步的呼吸和热身开始聊，一直聊到许秀涛为什么来北京，为什么住地下通道……

这位大叔是附近一个街道的办事处主任。几天后，他给许秀涛介绍了一份街道保安的工作，负责小区的安保值班，他可以住在单位的保安室里。

终于，他在北京有了一个安身之所。

第五章 跑得最快的保安

2013 年 4 月，北京国际长跑节

你不需要到另一个世界去寻找自由，因为自由存在于你自己的身体、心灵、思想和灵魂之中。

——B.K.S. 艾格扬《生命之光》

许秀涛把所有工作之外的时间都用在了跑步上，慢慢结识了一些跑友。他听说北京春季有一个国际长跑节，就四处打听怎么报名，因为不会上网，对流程不熟悉，辗转问了 4 位跑友，才终于报上了。

2013 年春季的北京国际长跑节，4 月中旬的天气已经有些炎热。比赛当天，他穿着一身保安制服和布鞋就去了，这是他在北京仅有的衣服，之前专业队的衣服已经小了，他也没有钱去买专业的运动装备。

这个当年还是 10 公里的赛事，已经有 50 多年的历史了，是北京除"北京国际马拉松"之外第二大的群众跑步比赛，起点是天安门广场，终点在鸟巢，沿途经过北京的老城街区。由于进行了交通管制，沿街到处都是观赛的人群，每隔几米，都有志愿者整齐有序地站在隔离线外。再加上参赛的 10000 多名选手，整个现场沸沸扬扬，好不热闹。

这是许秀涛第一次参加这种大规模的民间路跑比赛。上万人同时聚集在这片全世界最大的广场上，伴随着动感的音乐，跳跃、腾挪着做着热身，为即将到来的比赛做着准备。空气中弥漫着热烈而欢快的气氛，仿佛整个城市都变得有活力了。这样的大阵仗也让他有些紧张和兴奋，所有选手都穿着运动背心和短裤，他穿着保安服站在里面非常抢眼。

一个志愿者拉住他提醒："保安不允许进入赛道。"

他一愣，只好无奈地笑笑，举了下别在前面的号码牌，志愿者用很奇怪的眼光打量了他一下，走开了。

"Cosplay 啊。"人群开始注意到他的装扮，调侃道。

他听不明白什么意思。他想靠前找个更接近起跑线的地方站好，但是，每动一下都惹得周围的人侧目，于是他只好老老实实找了个靠边的位置，心里想着："不管怎样，好好跑就是了"。

起跑了，因为人多，过了好几分钟他才从人群中摆脱出来，提速去追前面的第一梯队。围观的人群只见一个穿着保安制服的小伙子，踏着受过专业训练的长跑运动员特有的步伐，脚上穿着的布鞋还发出

"啪啪"的声音，都被逗笑了。

"现在比赛的保安也要跟着一起跑了吗？"

"好好跑，保安兄弟。"

"小保安，加油！"

人群中有的人在一边议论着，有的人注意到他跑得很快，一边笑，一边善意地为他鼓劲。

因为他的布鞋底踏在路面上的声音太响，每跑一步都会发出"劈啪"的声音，引得跑在他前面的人，不断地回头看，他也有些不好意思，只好无奈地笑着。不知不觉，他成了一道流动的风景，跑到哪里，都会引起人群的一阵骚动，为他加油的人也格外多。

没过一会儿，他那身厚重的、不透气的保安制服就被汗水浸透了，湿答答地贴在身上，就像贴了一层塑料布。鞋子在柏油路面上不断打滑，还不断发出"劈啪"的怪声，他跑得越快，声音越大，许秀涛也被自己的样子逗笑了。他经过的人群，都在为他加油，那些被他超过的人，也会为他鼓劲，"保安大哥，加油！"他一边笑，一边跑，一边跑，一边笑……

终于，他冲过了终点，拿到了第八名。得到了一双跑鞋。这正是他想要的。

不知道是否是他这个奔跑的保安形象太深入人心，那届比赛之后，长跑比赛中的"Cosplay"也越来越多了。

北京交通大学的操场是许秀涛平时练跑的地方。上午人少，他沿着操场的跑道，一跑就是三个小时。门口的保安一到中午就会把操场上的人清干净。第一天，许秀涛被赶了出去；第二天、第三天，还是被赶了出去；第四天，许秀涛又来了，保安看着他一圈一圈地跑，愣着看了好一会儿，慢慢地，他好像领悟到了什么，也跟着他，顶着正午的太阳跑了起来……从此以后，他再也没有赶走过许秀涛。

　　北京交通大学的跑道上，又出现了一个穿着保安服奔跑的保安。这次，同样不是"Cosplay"。

　　当保安的半年时间里，他又参加了几场比赛，从第八名到第三名，奖品从一双跑鞋到一身专业的装备。如果说那时他有什么特征，那就是——"跑得最快的保安"。

第六章　死里逃生的高原训练

2014 年，青海多巴高原

> 跑者对疼痛不是无动于衷，他们仅仅是更擅长在不可避免的痛苦中做出选择。
>
> ——马修·因曼（美国漫画家、跑者）

2014 年，北京的跑步氛围越来越浓厚，街头跑步的人逐渐多了起来，许秀涛也结识了不少跑友，通过他们，他了解到还有许许多多的国内外民间赛事，从马拉松到百公里以上的超马，到越野跑，这些都让他心驰神往。他想拿下一场国际比赛的冠军，他想重圆自己的跑步梦想，内心深处强烈的求胜欲望雄雄燃烧着。

为了更专注于训练，他辞去了保安的工作。

赵海鑫，这位正在北京科技大学读大二的跑友，帮他在学校里找了一个住处。

白天，他们一起在操场上练跑，许秀涛教赵海鑫练习肌肉力量，晚上，赵海鑫带他去学校的健身房用各种器械。

在这里，他又认识了更多的跑友。

拥有多年跑龄的黑龙老师，曾经是个体重 180 斤、有中度糖尿病的大胖子，跑步后，他的体重减到 140 斤，身体各项指标完全正常，已经连续跑过 10 多个全马。还有博学多才的何老师。他们帮许秀涛分析他的身体条件、训练技巧、参赛规划，这些都是他们实践过的切身体会，中肯而又实用。

到了年底，学校放寒假，为了迎接来年的比赛，许秀涛需要一个更艰苦的环境去磨炼，他想到了青海的多巴高原，那个他在国家队时曾经待过的训练基地。

他决定春节不回家，他要去那里做突击训练。快速提高自己的竞技水平。

多巴高原，这个植被稀少的地方，空气稀薄，含氧量比平原低 25%，冬天平均温度零下 6 度，海拔近 4000 米的高山上常年积雪。艰苦的自然条件和广阔多变的地貌，让这里成为全国乃至全亚洲，最好的耐力训练基地。

在这种高海拔、低气压的环境下训练，运动员的心肺功能和最大摄氧量可以获得有效的提升，但也有可能因为高原反应造成永久性的创伤。

冬天，人格外少，他在基地旁找了户农家，交了住宿费和伙食费，安顿下来。

他给自己制订了严格的训练计划，根据不同的道路环境和难度，从山野小径、水泥公路到田径场，每天至少 30 公里的训练量，隔天加倍。

他在每天太阳还没有升起来的时候就出发，看着太阳透出橙色的光芒，铺照在层层山峦上，再一点点爬高。他一边奔跑，一边看着太阳升起，周围没有人，非常安静，仿佛天是他的，地是他的，这整座山脉，整个世界都是他的。

这里没有压力，没有烦恼，身体越疲惫，心里就越轻松。
他要成为强者。这个念头激励着他，向前，奔跑，不断地奔跑。

大年三十这天，他沿着山坡一直向上，想爬到最高的雪顶。到那里大概有 60 公里，他的补给是一兜橘子，因为随身携带太不方便，他把袋子放到其中的一个山坡石头旁。那是他 30 公里处的补给站。

连续跑了两个山坡后，他来到了一片地势开阔的山腰。空气中的寒冷有些刺骨，缺氧让他的大脑有些恍惚。清澈的蓝天下，他看到一只大鸟，在他的头顶上方盘旋。那是一只黑色的山鹰，浑身浓密的羽毛下，只有嘴和腹部露出雪白的颜色。它俯视着他，越飞越低，翅膀平稳地展开成一条弧线，随着他的奔跑，一路逡巡着，好像在寻找着什么。

"一定是饿了，只要不把我当食物就可以。"许秀涛望了望这只山鹰，想着有这么个伴也不错，"就当它是陪跑员吧"。他现在又累又渴，觉得自己跟这只山鹰很像。他只想快一点赶到放那袋橘子的地方。

很快就接近了，他已经看到了自己做标记的位置，那袋橘子就在他前面 20 米左右，一片橘红色的网兜。突然，他有一种不好的预感，"会不会？"但等他意识到的时候，已经晚了，那只山鹰终于发现了它想要的猎物。它扑扇了几下翅膀，飞了下来，就在许秀涛眼前，用敏捷的脚爪勾起了那袋橘子。

他眼睁睁地看着自己的补给越飞越高，最后消失在远方。许秀涛无奈地苦笑了，他没有想到，自己还要跟山鹰赛跑。

现在，没有了水源，是回住处还是继续向前？这个念头在他脑子里一闪而过，继续向上 30 公里，他可以到达雪顶，这是他此次的目标，回住处，也是 30 公里，但今天的训练计划就完不成了。

他想到山顶的积雪，到了那里他也可以有水喝，耐力跑者的意志，不到万不得已，不会轻言放弃，他决定继续向上奔跑。

45 公里了，地势越高，山路越不好走，有些地方松软塌陷，随时都有危险，更何况此时他已经没有什么力气，还饥渴难耐。他有点意识模糊，感觉脚下一滑，突然向下跌落了好几米，凭着求生的本能，他用尽全力抓住一个突出来的树干，稳住了身体。脚下是一处悬崖，几块碎石向下滚去，过了好几秒才听到坠地的声音，幸好他反应快，不然后果不堪想象。他不由得倒吸了一口冷气。

被吓了一个激灵后，许秀涛一下子清醒了许多。他抬头看了看头顶的太阳，一束光映射在远处积雪的山顶上，发出刺眼的白，似乎在召唤着他。他的肺像要炸开了，他用力大口大口地喘着气，腿也已经开始抽筋，"只要到了雪顶，就有雪吃了，我从没有吃过雪，但我需要水，一切和水有关的东西"，他脑子里只有这一个念头，强撑着他继续向前跑了 15 公里。

终于，他到了山顶，第一口雪的滋味让他终生难忘，冰凉、甘甜，他从未想到过雪是这种滋味，他大口地吃着，直到他不再口渴，直到冰雪刺骨的凉一阵阵袭来。60 公里的雪山越野训练，他完成了，配速是平均每公里 6 分钟。

在这一年的除夕，一个不回家的少年，独自一个人跨越了高原险境，他战胜了山鹰，战胜了身体的极限，他要为了梦想而活。只要生命还在，他就不会停止奔跑。

这里，将是他的人生起点。

＊＊跑步小贴士＊＊

　　高原训练前，要用至少一个月的时间做好高强度训练准备。到了高原，需要一周的时间适应高原气候。这一周采取慢跑和力量训练的方式能够快速适应。一周后根据自身水平增加训练强度。

　　如果高原训练时间控制在一个月，训练量和训练强度也要采取递增式的训练方法，但是要注意恢复时间，高原上的消耗比平原上大得多。下高原后，也要采取一周的时间进行适应和恢复，才能更好地去参加比赛，发挥最高水平。

第七章　膝盖绞肉机

2015 年 3 月，杭州 50 公里越野赛

如果痛苦和厌倦是危及人类幸福的两大敌人，那么自然就是我们的保护神。

——亚瑟·叔本华（德国哲学家）

迷蒙的细雨打在许秀涛身上，伴随着江南早春特有的微风和凉意，路面开始逐渐湿滑起来，参赛的选手大多穿上了防雨衣，戴着挡雨的帽子，小步跳跃着跨过山间布满青苔的石头。这是 3 月中旬在杭州西山举行的 50 公里越野赛，刚刚起跑不久。

越野跑是最近一段时间刚刚兴起的路跑形式，不同于传统的公路马拉松赛道，越野跑的赛道更为灵活多变，大多是在依山傍水、风景优美的地方，自然环境和路况也更为复杂。这种比赛要求选手不仅要具备马拉松跑的耐力，还需要具备

非常灵活的关节柔韧性，以及一定的肌肉强度和野外寻路的技巧。

第一次参加越野赛的许秀涛没有来过江南，也没有准备防雨的装备，他身上的背心和短裤已经被细雨打湿，略显狼狈，这也是他从青海多巴训练后，参加的第一场正式比赛。某种意义上，他前段时间的训练成果和努力，都将在这次比赛中得到验证。

在近 500 名参赛者中，许秀涛的速度不算慢，他很轻松地紧跟着第一梯队的十几个人。除了跑到 1 公里左右开始下小雨外，周围的一切都还是相当惬意的，湿润的空气，12 度的气温，烟雨缭绕的竹林，石板路，让第一次接触江南景致的许秀涛感到心旷神怡。伴随着自己有节奏的呼吸，他不紧不慢地跑着，心情舒畅。此时超过前面的选手难度不大，但他对路不熟，他决定先稳下来，到最后再超越。

前 10 公里的竹林爬坡，大部分是碎石土路，一面要小心翼翼地避免滑倒，一面要时刻提防跑在前面的人踩落的石头。旁边的一个人被砸中了膝盖，疼得直咧嘴，这让许秀涛更加警觉地注意着前面选手的跑动路线。

杭州西山森林公园环绕着著名的西湖，植被茂盛，虽然整体海拔不高，但山坡很多，并且非常密集。许秀涛只觉得每跑过一个山坡，紧接着又是另一个坡，视线被茂密的森林挡着，永远看不到最高处在哪里。

小雨时下时停，身上的衣服干了又湿，湿了又干，云朵像在跟他开玩笑一般，任性地游走着。他时常穿过林中的小溪。不时闪过一座幽静的寺庙或是低矮的茶园。寺庙的拱门大多低矮，必须要低下头才可以进入，好似随时提醒着人们，要保持谦卑之心。

25 公里了，过了第二个打卡站，许秀涛跑得异常轻松，他已经习惯了细雨洒在身上的感觉，仿佛已经跟他的汗水融为一体，成为他的一部分。雾气缭绕的雨中西湖，随着他的奔跑，不时掠过他的视线，他穿越一座座农家和竹林，犹如到了仙境一般，这里的风景让他陶醉。

他感觉自己就像武侠小说中的绝世高手，身体越跑越轻，越跑越快，到了 30 公里左右，他已经甩开了大部分人群，前面还有五六个人。

这时，他遇到了麻烦。

这是一段向上的石板台阶路，台阶不高，每个大概 20 到 30 厘米左右，但每隔半米到一米就出现一个，一直向前蜿蜒看不到尽头。他调整步伐努力适应着新的路况，这种路面强烈地考验着他的膝盖，没过一会儿，他就感到大腿连着膝盖越来越酸痛，难道这就是传说中的"膝盖绞肉机"？
之前在国家队的时候，他曾经听说过这个词，当时只觉得是个玩笑，此时他才真正体会到它的含义。

前面的人似乎很适应这种路面，离他的距离越来越远，他训练的时候大多是土坡、碎石路面，对这种石板台阶接触得很少，他甚至都没有怎么爬过楼梯。他不自觉地慢了下来。每迈一步，他都能清晰地感受到膝盖摩擦带来的刺痛，那曾像噩梦一样困扰着他的脂肪垫炎，仿佛又在向他招手，后面已经有人超过了他，一个、两个……绵延 3 公里左右的台阶路后，他前面已经有 20 多个人了。如果接下来都是这样的石板台阶，他的膝盖真的要被"绞碎"了。

终于，眼前出现了一大段下坡的土路，已经被雨水浇得有些泥泞。大腿和膝盖酸痛得发抖的许秀涛，一个没踩稳，滑倒了，坐在泥地上向下擦了十几米，浑身布满了泥点，爬起来，缓了一下，他忍着疼痛继续跑。

只要不是台阶路面，他就还有希望，此时的他已经彻底没有了看风景的心情，他是来拿名次的，必须想办法追上去。下坡踩稳，不能让自己受伤，他调整好呼吸，稳住步伐，匀速前进，没有再让别人超过他。到了平地，他感到腿又恢复了些力量，于是奋力提速，一个人、两个人……连续超了十多个人。

到了第四个 CP[①]，他的前面只有两个人了，前面还有最后 10 公里……这两个对手，一个是身高一米八，身材精壮的赵三亮，他双腿修长，是杭州大学的体育生，也是上一届杭州 50 公里越野赛冠军。他熟悉这里的地形，一路领跑，状态奇佳。另一位是 28 岁的闫龙飞，

---

①CP，Check Point的缩写，即打卡点，一般设有补给站。

跟他一样是一位国家马拉松退役运动员，他曾以 2 小时 18 分的好成绩拿下过全国马拉松赛的第一名，退役后成了一名越野赛高手，虽然身材不高，但经验丰富，非常稳健。

曾经有位跑者说过："耐力赛前半段是用身体跑，后半段是用心跑。"许秀涛觉得，更确切的是用心和意志在跑，有些时候，高手之间比拼的除了身体极限，还有心理。

许秀涛在第四个 CP 没有做过多的停留，打卡、喝水，他冲了出去。前面是一段长下坡路，他看到闫龙飞在离他 30 米左右的位置。这处比赛路段的标记，是一段非常平整的水泥坡道，旁边有一条防火道，是碎石土路，中间隔着稀稀拉拉的树木。他没有走水泥的坡道，而是选择了旁边的防火道，他不想被闫龙飞察觉到自己，如果被发现了，闫龙飞势必会提速甩开他，两个人要先在这里拼个你死我活，他就会耗掉过多的体力，他要悄悄地超越他，等他发现自己的时候，已经追不上了。

他沿着防火道奔跑，用了下坡能达到最快的速度，快接近闫龙飞的时候，他压低了脚步和喘息声，借着树木的遮掩，他的对手并没有察觉到他。此时离终点还有将近 5 公里的路，他还要继续提速，他的前面只有一个人了。

最后 2 公里了。上天保佑，这是一段平整的水泥路面，许秀涛迈开步伐，全力奔跑起来。他已经看到前方的赵三亮了，离他有 50 米远，修长的双腿步伐稳健，看不出任何疲惫的样子，他要冲过去，超过他，这是他最后的机会了。他加快了步伐，努力缩短着他们之间的距离，40 米、30 米、10 米……赵三亮察觉到了身后的脚步，开始提速，整整 1 公里，他们一直齐头并进地跑着，互相听着彼此的喘息声。

接近终点处的体育场跑道了，还有最后一圈，加速、加速、加速，许秀涛感到肺要炸开了，但他不能停，唯有加速奔跑才能让他的痛苦解脱。他紧盯着终点线，没有看自己的对手，加速，再加速，他飞快地摆动着双臂，观看比赛的人群，看到一个浑身泥泞、目光坚定的少年，用一种不可思议的力量冲过了终点。

6 小时 29 分，他拿到了冠军，最后 1 公里的速度是 4 分 35 秒。他不知道自己是怎么做到的，但是，他赢了。这是他第一个国际比赛的冠军。

＊＊跑步小贴士＊＊

越野跑下山很重要，如果下山技术不好会面临三种情况：第一，膝盖损伤。第二，摔倒。第三，费力。所以下山技术是非常重要的一部分。

下山最主要的是安全，怎么能够安全呢？就是要控制好身体的重心，重心控制好了也就控制了身体的平衡。

一般来说，从山顶跑下的第一阶段路况是最陡峭的，所以这一阶段的重心是压得最低的，需要膝关节弯曲来降低重心，伸展手臂，抬高肘关节控制运动方向，然后小步幅下坡。当坡度减缓时，抬高重心，加大步幅，降低肘关节高度继续奔跑。

　　下台阶时也是采取降低重心、伸展手臂的方法，但是不同的是采取左右侧面斜身下坡方式，目的是使脚完全踩在台阶上，这样可以增加安全系数和反应能力。

第八章　零下 35 度的马拉松

2015 年 1 月，漠河东极马拉松

> 一个从未见过地狱的人，不会找到痛苦的解药。
>
> ——（英）丽兹·霍克《跑者》

2015 年 1 月 1 日，天边的第一缕阳光，即将照向中国大地，最先迎接它的，是中俄边境——黑龙江东极镇。这个中国最东边的城镇，是中国纬度最高的地方，也是一处极寒之地。

清晨 5 点 30 分，零下 30 度的气温，抚远市人民广场上，已经聚集了上千人。有全身包裹着厚厚御寒服的志愿者，有热心的围观群众，还有一批身着保暖紧身压缩衣，包着头脸，不断跳跃，做着热身运动的参赛者。冰冷的空气让暴露在外的皮肤感到刺骨的疼，所有呼出的水汽很快形成了冰霜，几乎每个人都用各种帽子护具把头和脸裹得严严实实，只露出眼睛、鼻孔和嘴，有的甚至直接套了一个类似重刑犯的头套，如果不是胸前的号码牌，说是抢银行的造型也不为过。

这是 2015 年东极马拉松的起点，28 分钟后，比赛即将开始。

许秀涛是唯一一个没有戴头脸护具的参赛者，他只戴了副保暖耳套护住了两个耳朵，倒不是因为他不感觉冷，而是他确实没想到会有这么冷。他穿着两层普通的紧身压缩衣，加上手套和耳套，是人群中唯一能看清全脸的。他感到自己呼出的空气已经在脸上开始慢慢结霜，他只好不断地跳跃着，好让自己不被冻僵。

比赛开始了，人群冲了出去，许秀涛已经跑过很多个全马，但在这种极寒的天气里跑，还是第一次，在此之前，他所经历的最冷的环境是零下 13 度的青海多巴高原。这次比赛，对他而言，最大的挑战不是距离，而是战胜严寒。

开始跑的速度很快，寒冷让所有人都不自觉地加快了步伐，大家都想让自己的身体快速热起来。许秀涛很轻松地跑在了第一梯队，占据了领跑的位置。刚刚过了 2 公里，他就感到了不对劲，他的眼睫毛上面结了一层霜，挡住了视线，他快速眨眼，想把冰霜抖掉，但发现没有用，其中一只眼睛的上下眼皮反而被冰霜粘在了一起，他只好脱掉手套，用一只手撕扯着眼皮，努力把眼睛扒开。这一下，有几根睫毛直接被扯了下来，疼得他直咧嘴，他发现自己越去撕扯就越麻烦，而且只要使劲地眨眼，就会有眼睫毛掉下来，他强撑着尽量不去眨眼，这样虽然眼前有一些白霜，但不至于让眼皮粘在一起。

到 20 公里的时候，他还是第一位。突然，他感到刚刚有些温暖的身体突然僵硬起来，而且开始慢慢变冷。这是什么情况？他下意识地低头看了一眼，这才发现自己身上的汗水已经在压缩衣上结了一层冰霜，像铠甲一样包裹着他的身体。因为太冷，汗水来不及挥发就被冻住了。此时，新的汗水浑发不掉，集聚在衣服里又形成了新的冰层，他跑得越快，汗水出得越多，冰层就越厚，等于在他身上形成了双层的冰铠甲。

他意识到，此时他要解决的麻烦是除霜。他放慢速度，先努力把衣服上的冰霜拍掉，然后调整呼吸，让自己的心率降下来，这样可以减少自己的排汗量，然后慢慢让衣服把身体上的水分尽快吸走，这样调整了 1 公里左右，他感觉身体不再变冷，才开始加快速度。

后面已经有十几个人超过了他，他们还在加速奔跑，许秀涛没有追上去，他发现跑得越快身体冷得越快，这种情况下他是不可能坚持很长时间的，但是如果慢到一定程度，身体失去了自身的造热，也会突然变冷，在这中间有个平衡点，他要找到它，才能继续发力。

于是，接下来的 10 公里，他在寒冷和快慢之间不断交替、尝试着，他要确保自己不失温，同时又是最快的速度。长跑比赛，速度不是第一位的，第一位是持续力，要想取胜，关键在于你在持续的基础上可以跑到多快。如果他没有估计错的话，那些现在跑在前面的人，最终会因为相同的问题不得不慢下来。

许秀涛稳住节奏，他已经找到了那个平衡点。他决定在最后 5 公里的时候再提速，那个距离刚好可能让他在冻僵之前跑到终点，在这最后的 5 公里，他会尽全力用最快的速度赶超前面的人，而能否取胜，就只能看运气了。

此时太阳已经升起来了，照在一片被冰雪覆盖的大地上，冰天雪地下的黑瞎子岛，格外明亮，分外清朗的蓝天下面，只见这群奔跑中的勇士形象各异。每个人的脸上、眉毛、眼睛、鼻子、嘴，在所有能暴露在空气中的地方都挂着白霜。有的人流出的鼻涕形成了冰棍，不得不掰掉，还顺手摸了摸鼻子是否还在。还有人被寒风吹得不停地往后走。

最后 3 公里了，他即将穿越乌苏里江的冰面，抵达终点太阳广场。他开始全力提速，但是难度远大于他的想象，积雪很厚，踩进去有半腿深，他用尽浑身的力气向前挪动着双腿，每迈一步都很困难，这已经不是在跑了，大家都在尽全力向前挪动着身体。好在此时，他已经逐渐调整好了自己的节奏，身体不再是那个冰冻人，呼吸也顺畅，他虽然感到困难，却体力充沛，前面的人越来越慢，他一步步地接近他们，一个、两个、三个，他一个一个地超过去。被积雪覆盖的冰面，400 米的距离，他花了 5 分钟，但依然在不断接近前方的选手。

最后 500 米的时候，他看到一个戴着头盔的选手，他认出那是内蒙古专业队的长跑选手，超过了他，前面就没有人了。他发力冲刺，刺骨的寒风、积雪、冰面，不断地在他眼前晃动，他看到太阳射出的光照向大地，一片通明，他从未见过这么大、这么圆的太阳，灿烂闪耀，光芒万丈，他感到一股极致的力量推动着他，仿佛随着他的奔跑，每一束光都在为他而升起。

这一刻已经不再寒冷，而是无限的火热……他赢了，2小时35分，在这片极寒之地，从严寒跑到了灿烂!

一群志愿者守在终点线上，他冲过终点后，他们为他披上毯子，送上热水。然后自发地围成一圈给他取暖。周围的寒风被挡住了，他感到体温慢慢恢复，心里也是暖暖的。

这灿烂的温暖还给他带来了冻伤，他的脸，从第二天开始发黑、掉皮，足足养了一个月才恢复正常。这是他第一次领略到大自然给予的极致体验，是那么的绚烂和奇妙。

赛后，他还品尝到了鲜美的江鱼汤，那是这里有名的特产淡江鱼，鱼肉绵软清香，人间美味，是他喝过最好喝的鱼汤，他爱这胜利的味道!

＊＊跑步小贴士＊＊

在极寒天气下训练时，皮肤有任何暴露的地方都有可能被冻伤，所以保暖是第一位的，否则越跑越冷。但是保暖也要注意透气性，不然的话停下来就容易冻成冰。

头上除了带帽子之外，脸部也需要打上凡士林来防护，脚下要穿一层厚厚的羊毛袜。上半身套一个外套。

就是普通的冬天也不要大意穿戴，一般的跑步防护装备是：最里面穿一层速干衣，外面套一件防寒外套或运动羽绒服，下半身穿一件速干裤子，外套一件软壳运动裤，如果鞋子是透气型的，建议穿一双较厚的袜子。

第九章　决战太行之巅

2015 年 9 月，河北五岳寨 50 公里越野赛

喜悦、幸福与美好人生，往往是意料之外的插曲，它们只存在于永无止境、高强度、紧张且不停歇的自我追寻的旅程中。

——（美）《希恩博士谈跑步》

五岳寨风景区，位于河北省灵寿县西北部的山区，因有五座山峰并列耸立，酷似"泰山、华山、衡山、嵩山、恒山"，因而被称为"五岳"。五岳主峰的岩石平台仅十几米，却三面临万丈绝壁，奇险无比，这里丛林叠翠、山峦重重，绝壁浮岩之上，瀑布成群、云海起伏，映衬着清澈如洗的蓝天。太行山脉南端最高的山峰，海拔 2281 米的驼峰就在此地。

这场比赛的赛道穿越崇山峻岭、原始森林，和野花簇拥的山野小道，累计爬升 2605 米。在这里鸟瞰整个太行山系，

群山之中，一览众山小，一场"决战太行之巅"的赛事，已经开始。

熟悉的刺骨的膝盖疼痛再次向许秀涛袭来，那是他的髂胫束，一条连接大腿与小腿间的关节韧带，像一条橡皮筋一样，只是这条橡皮筋现在开始抽筋了。他每跑一步都能感受到那股撕扯的疼痛。脚下是河北五岳寨，位于太行山脉的森林栈道。9 月份的秋雨，正淅淅沥沥地洒在这片重峦叠嶂的山谷中，许秀涛看了看手表，才跑了 15 公里，他正在参加全程 50 公里的越野挑战赛，要不要弃赛，他该怎么办？

许秀涛明白，出现这种情况，有很大一部分原因是他没有做好充分的热身。清晨 6 点钟开跑，他前一天没有睡好，起床晚了，匆忙赶到起点的时候已经来不及做热身了。虽然天已经蒙蒙亮，但天上飘着的小雨使得这黎明前的晨曦格外阴冷。为了抵抗这股寒意，他有意识地加快步伐，抬高双腿，他的股二和股四头肌受不了这突然的高强度劳作，开始疲劳，终于通过髂胫束向他发出了抗议。这是一个小爬坡，已经过了第一个 CP，他现在的名次是第九位。

他想起以前在专业队训练时，队友们曾经说过一个魔鬼疗法，就是在比赛中可以对股二和股四头肌进行一个抢救式的拉伸动作，目的是暂时缓解疼痛，但是做不好也可能会更严重，他决定冒险试一下。

他停下来，到路边找了一个树干，把腿抬高，用力坚持了一会儿，又用力把小腿弯曲，这样反复拉了几次，感到似乎没有那么疼了，他又开始跑起来。

此时雨已经不怎么下了，空气中弥漫着湿润的、花草的气息，这段路很美，他不时经过一条条高高低低的瀑布，最大的一个瀑布有 30多米宽，落差将近 110 米，从山峰上喷薄而下，五丈以内尚是水，十丈以下全是烟，这是燕赵第一瀑，也是华北地区最大的瀑布。瀑布环绕着森林中的雾气，仿佛仙境一般。赛道有很大一部分是修好的栈道和防火道，这使得路面没有那么泥泞，但是坡度很高，他正沿着一段长距离的陡坡向上，那里的最高点是海拔 2281 米的驼峰，也是太行山最高的山峰。

不断向上的摩擦力让他的膝盖又开始疼起来，他不得不放慢速度，后面的人超了上来，他前面已经有快 20 人了。这场比赛的参赛人数在300 人左右，他目前勉强处于第一梯队靠后的位置，如果他的速度不尽快提上来，这第一梯队的人就会离他越来越远。

为了赶时间，沿途路过的两个补给站，他都没有停。他感到口渴，体力也渐渐透支，他需要一点能量。他知道，山顶处是主打卡点，也是一个大补给站，他决定到那里再给身体加点油。现在的他已经考虑不了冠军和名次这回事了，他只想好好解决下身体的状况。有时候，你要善待你的身体，才可以走得更远。

到了山顶，眼前突然一片豁然开朗，大片绿油油的高山草甸，遍布着芬芳的野花，映衬着绝美的山色，雨后的空气清爽湿润，繁花似锦，芳香四溢，令人心旷神怡。这景象让一路历经艰难、在山中穿越的选手们都感到精神一振。

在唯一一条绿色蜿蜒的小径旁，架着一口巨大的锅，冒着升腾的热气。食物的香气，飘散向四周层叠的山脉和森林，让他想起武林高手在练功之后偶遇到的山野美味。

　　他不禁加快脚步上前，只见一个戴着厨师帽的大师傅站在锅边，手里端着一块有如巨大鹅卵石一样的面团，另外一只手拿着一把弧形的刀，正不断地向那口沸腾的锅里削着面团，那面团随着他手起刀落，变成一条条均匀的面片飘到锅里，面汤翻滚着，他闻到一股扑鼻的香味。旁边另外一口锅里，是满满的西红柿炒鸡蛋。志愿者们把面条盛到碗里后，会浇上一大勺西红柿炒蛋做卤，再递给到这里休息的参赛者。

　　他曾跑过数十场比赛，路过的补给站他已经数不清了，但这样的现场制作的刀削面，他还是第一次看到。

　　旁边临时搭建的棚子里已经三三两两坐了几个跑在前面的选手，不知是真的累了，还是禁不住这美味的诱惑，他们都不顾时间的流逝，忙着大口吃面，如果不是身上的号码布，还真不知道这是一群正在参加一场激烈的越野比赛的选手。

　　他在这些人里发现了一些熟悉的身影，那是之前超过他的选手。他也坐了下来，从志愿者手中接过一碗热气腾腾的面，开始吃起来，才第一口，他就理解了为什么这些人会像钉子一样坐下就起不来了。

　　他从未吃过这么好吃的面，酸爽的西红柿裹着又韧又滑的面片，进到胃里，格外温暖。红色的汤汁混着鸡蛋，又软又香，这不像他平时吃的面条，手工削切的面，整体均匀，但每一条都还有细微的不规则，所以，他吃到嘴里的每一口的感觉都不一样。他被这奇妙的味觉体验吸引着，连吃了两碗，如果不是后面陆续抵达的选手胸前的号码牌提醒着他，还在比赛，他几乎要再吃第三碗了。

此时，补给站里的人已经越聚越多，大家都被这飘着浓郁香气的刀削面吸引着，这临时搭在山顶的大棚，不像是一个 CP，更像是一个生意兴隆的野味饭馆。

他在这里停留了 10 分钟，不知道是因为刀削面太好吃，还是大家都累了，选手们在这个 CP 停留的时间，远远大于其他 CP。许秀涛感到自己身体的能量恢复了，虽然膝盖还是很疼，但他已经有足够的能量继续下去。

他决定拼一下，迈开步伐，他继续沿着路向下跑去。他有意识地拉大步伐，这样可以起到一定的拉伸作用，膝盖随着他越来越快的步伐逐渐变得麻木，不再疼痛，这是体能恢复之后，大幅度的步伐激活了大腿前面的股四头肌，从而缓解了膝盖的压力。他越跑越快，除了还在山顶吃面的选手，跑在前面的人已经不太多了，下坡一直是他的优势，40 公里处，他已经跑到了第一位。

在最后的 10 公里中，他一直保持着速度，膝盖也没有再出现疼痛。

很多人在膝盖受伤后会用弹力带、肌效贴，各种各样的防护装备，但其实人体最好的恢复手段，是激发身体自身的自愈能力。我们的祖先在最初的狩猎时代，也并没有先进的科技装备，但是，他们却在数万年的物种竞争环境下存活下来。人类的骨骼发育和特点，决定了我们在奔跑中猎取食物时，我们的身体机能是自然界中最优秀的，这是上天给每个人的礼物，我们应该善于利用它、锻炼它，只有一次又一次地磨炼，才会使我们的精神和身体更加强壮。

许秀涛再一次得到了冠军，那两碗山顶的刀削面，是他吃过最好吃的面条。

＊＊跑步小贴士＊＊

比赛过程中如果遇到了运动损伤，出现突然的疼痛，不可硬撑。需进行简单处理，如拉伸或放松。经过一段时间后，如果疼痛减缓，方可进行比赛。如果越进行越疼痛，则要停止比赛，避免深度损伤，造成长期不能运动的不良后果。

第十章　再战大屿山

2016 年 3 月，香港 100 公里越野赛

我或许没有到达我想要去的地方，但我已经到了必须抵达的地方。

——道格拉斯·亚当斯《灵魂漫长和黑暗的茶点时光》

许秀涛再一次站在了香港梅窝码头这片松软的沙滩上，大屿山，这片香港唯一的离岛，也是被国内越野高手称为"国内最困难的 100 公里越野赛"的赛场。

百里以上的越野赛可以说是超马中的超马，也是人类挑战长跑极限的鼻祖。

历史上最早的百里越野赛事，是起源于美国内华达山脉的西部 100 英里比赛。这场比赛最早是 24 小时赛马比赛。其中一位参赛者由于马匹受伤，突发奇想，决定用自己的双腿跑完这段赛程。1974 年，这位热爱运动的美国伐木工人，最

终用 23 小时 42 分跑完了全程，有趣的是，在终点处给他做医疗服务的是负责马匹的兽医。人类的百里赛事也由此开启。

由于东西方计量习惯的不同，在亚洲地区，普遍采用的是 100 公里赛程的比赛。虽然相比 100 英里少了 60 公里，但比赛的难度却非常相似。

香港 100 公里越野赛，就是全亚洲堪比"美国西部 100 英里越野赛"的比赛，也是众多越野高手向往的比赛。

去年此时，许秀涛曾经信心满满地踏上这片地方，却由于突发的高烧，在 50 公里后退赛。那是 2015 年的冬天，香港大屿山居然下起了雪，他依然记得当时赛前就有些感冒的自己被冻得浑身发冷，咬着牙赶到 50 公里的 CP 时，不住颤抖着，被医务人员拦下的情景。那是他少有的一次弃赛。

不知道为什么，他对这里的感觉一直很糟糕，这次来的路上，他误了飞机，不得不重新买了张机票，这让本就不富裕的他更加捉襟见肘。昨天夜里，他也一直没有睡好，也许是因为陌生的环境，又或是去年弃赛的阴影依然存在。他一大早坐着大巴车赶到这里的时候，起点已经聚集了上千人，半个小时后，就要开赛了。

人群中有很多身材高大的欧洲人和附近的东南亚人，凭着经验，他可以一眼认出那些高手，皮肤黝黑、一身健壮的肌肉，正熟练地做着热身，脸上一派意气风发。

跟他们比起来，许秀涛很瘦，又有些疲劳，但无论如何，他为这场重新再来的比赛准备了很久，他不甘心，他要重新挑战这里！

一只盛装的狮子，随着锣鼓，上下腾挪，跳跃翻滚。香港有赛前舞狮的传统，这激烈的节奏也预示着即将到来的挑战。

根据赛前官方公布的数据，这届比赛，他们要翻越 7 座山峰，累计爬升 5900 米，沿途经过沙滩、山谷、森林、村落。潮湿的气候下，山中经常雾气弥漫，山上山下温差巨大，途中时常会出现陡峭的上坡和险峻的下坡。除了应对沙土、碎石、泥地和杂草这些复杂的路面，他们还要随时警惕路标，在白雾茫茫中迷路不仅影响成绩，还是件很危险的事。

凌晨的起跑，黎明前的黑夜裹着雾气，很多附近的居民在路边热情地喊着加油，在黑夜里显得分外温暖。远处的城市还在沉睡，大屿山郊野公园的小径上，星星点点的头灯已经开始了征程。

一开始，大家都跑得很谨慎，脚下的沙滩松软湿润，无形之中更是减缓了速度，直到离开沙滩到水泥路面，人群才渐渐拉开距离。10公里后，他追了上去，开始领跑。

爬升渐渐开始，为了追求速度，他在 CP1 和 CP2 都没有停留，即将面对的是 934 米的凤凰山顶，借着去年对这段路的记忆，以及赛前一个月频繁的上坡训练，他很快迈过了一些粗重的大台阶，在微微拂晓的清晨登向山顶。

过了 CP3 后的这一段路是他去年的伤心之地，这是一段 5 公里的赛道，在 2.7 公里的上坡路段上需要爬升 660 米，对大腿肌肉和核心力量要求很高，紧接着一段 2.3 公里的下坡，骤然下降 550 米，对膝关节的冲击力也是前所未有。普通选手在这 5 公里的平均用时是 2 小时，他去年就是在高烧的情况下，走完这 5 公里后整个人虚脱、退赛的。越往上，他越感到山中的寒意逐渐加深，身体也慢慢变冷。

身后传来一阵窸窸窣窣的脚步声，一个身材高大的欧洲人追上来了，他从号码牌的标志上认出这是一名英国来的选手，他有意识地放慢了步伐，随着他的节奏跟随着他。此时他需要一个同伴，从心理上去跨越这段路。这人要比他高出近一个头，身材健壮匀称，他们差不多并肩行进了三四公里，两人都没有说话。

眼前的路实在太虐人。香港的石阶是就地取材，由泥土堆砌，不够用的情况下才混入水泥，质地虽疏密不匀，却也别具天然的风格。但是走的人要时刻提防不同地段的腿部发力，稍有不慎就会拉伤。

或许再难走的路，有人同行也会轻松一些。他有意识地让英国选手在前，他在后面跟随，顺着他的路线，深一脚浅一脚地行进着。路上的树枝、杂草和乱石，其他有可能会崴脚的地方，都被他们小心躲避过去，他们就这样借助着彼此的气息，不知不觉地走完了这 5 公里。

天已经开始微微发亮，再往前是一段相对平坦的路程，葱翠的山林在晨曦中若隐若现，站在地势高的地方可以看到山下蓝色的大海，沿着绿色的森林和墨黑色的柏油路，勾勒出一条清晰的海岸线。过了CP5，还是只有他们两个人，后面的选手似乎都没有跟上来，他们逐渐熟络起来。在这清晨寂静的雾气里，一路下山，虽然已经过了将近60公里，他此时身体的感觉却越来越轻松，就像刚刚经历过艰难跋涉后，遇到了一段让人轻松的旅程。

他们一起分享了一根香蕉和能量棒，一起路过大澳渔村。这里有香港的威尼斯之称，三三两两的渔船停泊在岸边，水上架起的房子立在群山之间，映着水面的涟漪，神秘而幽静。有些起得早的渔民已经开始了劳作，看到他们，微笑地抬手打着招呼，招呼他们喝茶。许秀涛感到心中一片暖意，如果不是比赛，他情愿在这里多停留一些时间。

越野跑的乐趣在于，人与天地山水、人与人之间的关系，都会随着你的奔跑，越发地贴近纯粹与自然，仿佛这些东西已经融入你的身体能量，随着你的呼吸会聚于你的胸腔、大脑之中，就像他与这位素不相识的英国选手之间，此时他们有着共同的目标，踏过共同的路途，面对同样的困境，相伴着走过这段路，这段记忆是唯一的，也将会是永恒的。

过了CP6之后，再次遇到大段的爬升，此时山雾越发浓重，有的地方几乎是白茫茫一片，反光的路标也越来越难以分辨，为了不迷路，他与英国人互相约定一起奔跑，互相提醒着对方确认前方的行进路线。

与凤凰山的石阶路不同，这次的爬升是一大段炭木栈道，600 多米的陡直高度，加上湿滑的水气，让他们不得不紧抓着扶手，仰直脖子，保持着这种紧张的姿势，向前行进了 3 公里。许秀涛感到浑身僵硬，不断挥发的汗水使他口干舌燥，体力也似乎随着这段栈道渐渐减弱，他急需补充能量。

他们赶到 CP7 的时候，许秀涛才注意到补给是如此丰富，有粥、运动饮料、西点、泡面、香蕉、坚果，但他出乎意料地抓起一瓶可乐就往嘴里猛灌。不知为什么，此时又热又渴的他，心里第一个念头竟是喝可乐，他感到这股香甜冰凉的褐色饮料，像一阵甘泉一样，迅速进入他的胃，混合着碳酸气体，无比舒畅。这是他喝过最好喝的饮料了。

事实证明，碳酸糖水对补充人体大量失水后的能量需求上确实是有着无可比拟的优势。他又抓紧时间吃了一些坚果和面包，两人再次一起上路。

他们继续相互扶持着，过了 CP8，前方显示还有 20 公里就到终点了，雾气依然浓重，虽然两人的体力都有所恢复，但认路、确保不走错，依然耗费着他们大量的精力和体力。他们必须不断地达成一致才能确保行进路线，许秀涛倾向于寻找路标，而英国人更多信赖 GPS 手表显示的方向，这让他们有了分歧，彼此也感到被拖慢了前进的速度。

这毕竟是比赛，许秀涛决定独自前进，他要确保这最后的20公里，可以超过所有人，包括这个英国朋友。

但是，他低估了大屿山浓雾的威力，这白茫茫的一片让他的视线不断被误导，在到CP9的这段路程里，他反复迷路、寻找、再出发，来回绕了好几圈，走了双倍甚至三倍的路程。

在他冲出CP9的时候，他已经离第一名差了10多分钟，最后几公里的一路冲刺没能帮到他，最终，他拿到了第二名。那位英国选手拿了第一。他们在终点再次相聚的时候，许秀涛拥抱他、祝贺他，替他高兴，他的胜利实至名归。

许秀涛没有遗憾，他超越了去年的自己，他得到了一个朋友。有些路注定必须要一个人去孤独的体会，无论成功或失败。

有些时候，我们无法与一个人永远同行，但生命中一起走过的路，会是我们最珍贵的记忆。

＊＊跑步小贴士＊＊

对于类似大屿山的高山跑，上坡技术是核心内容，上坡的关键是做到如何省力。坡度是无法改变的，我们能改变的就是我们的上坡姿势。

一般的上坡都是先经历一段缓坡，此时大多是慢跑，随着坡度增加，我们会逐渐停止跑动，接下来，可以用手辅助进行上坡。

用手扶着大腿股四头肌，腰部挺直，坡度越大时，手扶股四头肌的距离就越近，目的就是把你上半身的重力通过你伸展的手臂再通过你的膝盖传播到地面，通过地面的承重来减轻上半身对你的压力。

但是如何控制好你上半身的重力又是一门学问，上坡时手扶膝盖和股四头肌时，手臂要随着腿部的转换而转换，比如左腿在前，上半身的重心随着左手臂压住左腿而传到地面，然后彼此转换，就像连动杆一样，形成了一个人体杠杆支撑。

第十一章　穿越热带雨林

2016 年 11 月，菲律宾 50 公里越野大师赛

登山最珍贵的地方在于失败，在于当你抵达了那里却发现自己还无法达到巅峰。

——基利安·霍尔内特（西班牙越野跑天王）

"没有最虐，只有更虐"，如果你是个越野跑者，就会对这句话感同身受。跨越高山丛林，穿过溪涧河流，领略到最美的风景，也体会着最大的痛苦。顶级的越野跑赛事的路线，都是风光旖旎，但是自然环境非常恶劣的地段。参赛者们要面对巨大的身体上的压力，经历各种崎岖路面的折磨，与野生动物面对面，承受酷热严寒，还要冒着迷路的危险，一个人迎接黑暗与黎明。这不仅是身体的考验，更是心志与意志的磨炼，危险而又神秘，也正是这些赛事的迷人之处。

与所有顶尖的赛事一样，国际越野跑巡回赛（UTWT）

也应运而生。赛事有积分体系，在世界各地著名举办地举行的顶尖赛事被纳入这个体系中，根据各项赛事的积分决定选手在世界上的排名。被认证纳入 UTWT 的越野赛事，都具备"路虐，气候恶劣，顶级风光"的特点，最著名的有"法国的环勃朗峰越野赛""美国巨人之旅越野挑战赛（300 英里）""加州死亡谷（135 英里）"等，赛事保障也更为专业。这是顶尖高手的对决，众多精英选手都会被邀请参赛。

菲律宾马尼拉东南部森林举办的 50 公里越野赛，就是亚洲为数不多的积分赛之一。韩国亚洲越野大师赛夺冠后，许秀涛作为唯一一个受邀的中国选手被邀请参赛。

马尼拉属热带季风气候，常年多雨、湿热。11 月的北京已是初冬，这里却是 35 度的炎热和潮湿。这使得许秀涛从一下飞机就很不适应。头晕、呕吐、吃不下东西，从赛前提前一天到达，一直到比赛之前，他一直被这些不适折磨着。这是中暑的症状，也许比赛的时候，出一下汗，挺一挺就过去了。他心存一丝侥幸，想拼一下。

这里 5 点开始天亮，7 点就开始进入一天的酷热，一直持续到下午 3 点。比赛的起跑时间是凌晨 4 点，与大多数黑夜中起跑的比赛一样，需要借助头灯来照亮。丛林里分布着一些民居，和一些简易的棚子，有时头灯照过之处，闪着两颗绿油油的眼睛，许秀涛不禁一个激灵，心中安慰自己看到的只是狗或山羊这样的动物。

马尼拉南部这片热带丛林中的景观非常奇特，有许多高大的椰子树，地上散落着奶白色的椰子壳，植物的叶子非常夸张，巨大的芭蕉叶遮天蔽日，波罗蜜树上结的硕大的波罗蜜，有如篮球一般大小，空气中弥漫着浓郁的杧果和一些叫不出名字的浆果的气味。丛林里的一只山羊正抱着一颗大杧果啃着，一处比赛的地标竟然是用两个巨大的波罗蜜压住的。相比之下，我们平时见到的植被都似小人国一般。身处在这样一片密林和植物世界之中，感觉整个人都变得渺小了。

参赛的人不算多，300人却足以使这座黑夜中的丛林热闹起来，太阳虽然还没有升起，空气中弥漫的潮热却让人有种喘不上气来的感觉。几乎无法热身，动一下就会浑身冒汗，比赛刚开始，许秀涛已经湿透了，但是，跑了一会儿，他才发现比潮湿的空气更严峻的考验。

刚跑了5公里，前面就有一条小河，有人直接涉水而过，湿了鞋袜也不在乎。他迟疑了一下，此时就穿着湿透的鞋袜前进似乎早了一点，何况光脚下水还可以趁机会给身体降降温，于是他脱下鞋袜，蹚水过河，但脚上的沙子却怎么也擦不干净。道路很窄，他不想挡着后面的人，于是赶紧穿上鞋继续跑，脚上的沙子就这样一路摩擦着他的皮肤，不到一会儿，他就感到脚上起了水泡。更令他想不到的是，赛道经过的河流和小溪非常多，大部分时间他的脚都是湿的，偶尔跑着有点干了，前面马上又出现一条河，这样跑了10公里后，他的脚已经被磨得肿胀麻木了。

这些可以蹚过去的还是一些小的河流，一些水面比较宽的河和没有路的地方，干脆用一根绳子吊着，需要人双手抓住绳索攀爬过去，有些地方必须手脚并用，努力去寻找着力点才可能前行。他有时恍惚感觉自己不是来参加跑步比赛的，更像是来参加一场丛林探险。

滑倒是经常的事情，路面上的泥泞和碎石太多，难免脚底打滑，他的压缩衣里面每次都会渗进一些泥土。更难受的是，被丛林里的一些灌木划破的皮肤，有时会奇痒无比，不知是粘上了什么样的液体。泥泞的路上经常会看到路过的癞蛤蟆，有的是被踩死的尸体，有的会突然跳到他的脚上，他好几次猛然低头，看到脚面上黏糊糊的巴掌大的东西都被吓了一跳，路上碰到的其他选手也大多形象狼狈，在这片丛林里，人已经成了自然的一部分，浑身泥土或蓬头垢面都不算什么。

很难想象这样的丛林里，还分布着人家。天快亮的时候，他突然听到了一阵婴儿的啼哭，原来是他不小心闯进了一个村落。那是用芭蕉叶和树木杂草搭的一些简易的房子，隐蔽在路边一处不起眼的角落，他的脚步声惊扰到了他们。他这才发现，周围的民居都是茅草屋，竹子和树皮做墙，干草和巨大的植物叶子铺盖的屋顶，树干支起的房梁，只有一根电线从户外引入屋内，亮起一盏灯，偶尔传出几声鸡鸣和狗吠，一切都是那么简单和原始，深山植被茂密、雾气重，也相对凉爽，可能这也是吸引他们在这里栖息的原因吧。

仔细看去，周围分布着一些人工种植的田地，村民们三三两两地在田里劳作，门前偶尔摆放的摩托车是他们唯一的交通工具，也是他们与山下现代社会联系的纽带。孩子们站在屋前，张望着这些路过的选手，开心地笑着，有的还会跟着他们跑上一段，他们那纯真的脸上，洋溢着无忧无虑的快乐。农耕种植是他们的生活方式，可能这些孩子将来还会过着这样的日子，但那种发自内心的自然的快乐，让你感受不到他们的贫穷，也许与这片丛林在一起，已经足够让他们感到充盈和满足。

　　菲律宾当地的工作人员非常尽责，如果不是每隔几十米就有一个引导员，在这片丛林中很容易迷路，多亏他们不分白天黑夜的坚守，才避免了危险。跑到 30 公里时，许秀涛感到一阵眩晕，高温和水泡摩擦产生的疼痛让他麻木，他的胃剧烈地翻绞着，他看了下 GPS 手表，心率已经到了 190，这是一个非常危险的数字。根据他的运动强度和专业能力，他的最大安全心率范围应该在 145 到 180，如果超出这个强度，意味着他的心脏会随时崩溃，他可以忍受身体的痛苦，但他不能拿自己的生命冒险，他决定放弃比赛，这是一个痛苦的决定，也是他首次在国外的比赛中弃赛，但是，跑步的意义不是为了寻求刺激和冒险，而在于时刻保有对生命的热情，对大自然有敬畏之心，对生命有敬畏之心。这才是生活的意义。

　　天光已经放亮，升腾的热气开始袭来，随着地势的升高，丛林深处的美景也越来越壮观。他放弃了比赛，但仍然小步慢跑着，尽量去调节身体的不适，他强迫自己不去在意身体上的痛苦，把注意力集中在周围的景色里。继续向前，他看到山下的火山湖，那是一处天然火山口形成的约十公里的湖面，绿色的波光在阳光的照耀下散发着平静的光芒，湖面中央是"塔尔火山岛"，这是一座活火山岛，岛的中央又是一个火山湖，"湖中岛和岛中湖"，在这里相映成了一片层叠的美景。

火山口不断飘出的缕缕青烟，和森林中散发出的雾气，让人感觉仿佛置身在仙境之中。他不自觉地停留了一会儿，如果不是参赛，这些地方他可能永远不会来，也永远不会看到这番大自然的奇妙与伟大，他感到自己与这片天地之间有了某种交流。

他给每一个经过他身边的选手鼓劲加油，有他认识的对手，也有他不认识的，有的选手邀请他一起跑，他微笑着拒绝了，能与他们一起体验这次热带丛林之旅，已经足以让他满足。

我们每个人都有自己的极限，超越极限固然令人振奋，但尊重生命同样重要。这次的挑战让他意识到大自然的威力和人类的渺小，在极端环境向他发出警示的时候，他选择了尊重自然。比赛的输赢已经不再重要，对自然与生命的体验才是最大的收获。

＊＊跑步小贴士＊＊

如果到外地参加比赛，在环境温度差异很大的情况下，适应当地的气候比什么都重要。

建议多则半个月，少则一星期，提前去适应当地的气候。

第十二章　从森林跑向大海

2016 年 8 月，澳大利亚袋鼠岛马拉松

一沙一世界，

一花一天堂，

双手握无限，

刹那是永恒。

——威廉·布莱克《天真的预言》

从北京飞往澳大利亚的航班缓缓起飞，许秀涛坐在靠窗口的位子上，思绪随着飞机腾空的轰鸣声飘荡开来。他即将飞往澳大利亚袋鼠岛参加一场马拉松比赛，这也是他在跑完五环连穿之后的第一场比赛，那 262 公里磨砺带来的身体上的疼痛，尚未完全恢复，受伤的脚踝和膝盖仍旧隐隐作痛。以往的比赛，他总是感到紧张和期待，但这次，他的心情却无比轻松。也许是因为比赛地点那闻名的自然风光与惬意，抑或是因为对于跑惯百公里以上比赛的他来说，马拉松这

42.195 公里已经不算什么，也或许是别的什么原因，他不知道。

在他跑步的这 10 年生活里，10 年前的他与此时的他，精神与内心都发生了翻天覆地的变化。他想起 12 岁的时候，他为了上学不迟到，不得已的奔跑；上中学之后，为了赚学费赢奖金，为了考取重点高中成为特招生，为了考大学的奔跑；国家队之后，为了生计的奔跑；到后来，为了证明自己的奔跑。每一阶段，他的目标都在变化。

在他已经过去的 20 多年生命之中，只要遇到问题，他就会跑步，而每一次，跑步都能给他带来答案。奔跑已经成为他生命的一部分，伴随着他，从 5 公里到 300 公里，从山东农村到北京、到海外。他跑过崎岖的山路，跑过严寒，跑过酷暑，从黑夜跑到黎明，从日出跑向日落，一次次经历身体和意志的极限，跑步带给他欢乐和满足，也带给他一次次的超越。世界变大了，路变宽了，他的选择更多了，但此时，他总觉得还少一点什么，那种除了一个人奔跑之外的，可以带来更多价值的东西，他还不确定那究竟是什么，但他已经开始去寻找。

与所有风光旖旎的海岛类似，比赛举办地——澳大利亚袋鼠岛，也没有直达的交通，需要从南澳首府城市阿德莱德飞行 30 分钟，才能到达。许秀涛提前了两天，这使他有时间在阿德莱德逗留休整。阿德莱德是一个非常干净的小城，空气清新，天空永远都是湛蓝的，所到之处，桌椅地面全都一尘不染，路旁不时出现蹦跳的袋鼠，树上栖息的考拉悠闲自得，在这里，现代化的人类文明对它们没有丝毫伤害，它们是这片土地的一部分，更是人类的邻居和朋友，整个小城是那么的和谐自然。

澳大利亚袋鼠岛马拉松，虽然只举办了两届，却已经成为世界排名 TOP10 的马拉松赛事，这很大一部分归功于这里独特的自然环境。这座南太平洋上的小岛拥有 14 公里绵长的海岸线，是野生动物的天堂，盛产有机无污染的美食和美酒，除了澳洲特有的袋鼠，考拉在这里也是随处可见，海滩上自由嬉戏的海狮、海豹，毫无戒备地与人类亲近着。由于与南极之间没有陆地阻隔，使得岛上的空气中时常弥漫着从南极吹来的凉爽，有时甚至会有*丝丝寒意*。

在这片纯净的海岛上，赛道的设计得天独厚，参赛者们将会沿着这里连绵起伏、有如心跳曲线一般的海岸公路，穿越茂密的森林，跑向大海，海滩上有著名的神奇岩石、悬崖峭壁；然后，再从折返点一路蜿蜒起伏，跑向终点——设在蔡斯森林公园的灯塔。那宛如海带曲线般的频繁上坡下坡，是这条赛道最大的特色，也是考验选手们的关键路段。

比赛的起点设在弗林德斯蔡斯国家森林公园，由于交通不便，又是这个与世隔绝的小岛刚举办的第二届比赛，参赛的选手并不多，半马和全马加起来还不到 200 人。比赛当天，选手们统一坐上组委会的大巴车前往起点，天刚蒙蒙亮，司机特别强调要系好安全带。一路上弯道非常多，时常会有急刹，不时有黑影从车旁跳过，那是这里的袋鼠，清晨也是他们活动的高峰期。

伴随着这片原生态岛屿的第一缕晨曦，比赛开始了，专业选手们很快与业余跑者拉开了差距，形成了第一梯队。许秀涛跑在第一阵营，夹在几个身高腿长的本地选手之间，他知道无论是从身体条件还是对道路的熟悉程度上，他都无法与这些本地选手相比，他稳住呼吸和步伐，"尽自己最大努力，跑出最好的成绩"，他边跑边给自己打气。

赛道很快进入了有如过山车般的绵延起伏路段，那反复的上坡，下坡，再上坡，下坡，伴随着从南极吹来的呼啸的海风，即便是迎着太阳奔跑，也不由得让人汗毛直立，大家都不由得放慢了脚步，调整呼吸。许秀涛跑过很多非常陡峭的山坡，包括那些在 3 公里内持续爬升坡度超过 500 米的山坡，和那些连续的石板台阶和碎石的山路，但这样频繁上下坡的路段他还是第一次遇到。

几乎每隔 50 到 100 米就会经历一个上、下坡，而且没有任何规律，无穷无尽的坡道把马路中间白色的斑马线弯曲成一条蛇形的彩带。这段路需要跑者的腿部和膝盖承受快速、频繁地上下坡的切换，这对于身体的韧带和骨骼是非常大的考验，如果没有经历过非常强的间歇跑和变速跑，是很难适应这种路况的。很多选手都不得不走走停停，许秀涛那受伤的脚踝也开始隐隐作痛。

在这条蜿蜒向上、仿佛一直通向天际的公路两旁，是茂密的原始森林，不时会有袋鼠突然蹿出来，吓人一跳。这些野生动物身形高大，跳跃起来甚至接近人类的身高，跑在许秀涛前面的一个大长腿的本地选手，就被突然窜出来的大家伙吓了一跳，后退了好几步，那只袋鼠差一点撞到他。这里的袋鼠从不躲避人类，而且经常是成群结队地出现，每次都是人类躲避它们。有的还会跟着人一起向前跳跃一段路，人与袋鼠一起奔跑，这种景象让许秀涛联想到《动物世界》里的场景，又好似来到了电影《侏罗纪公园》的那片原始丛林。

大风、虐人的坡道，再加上这些时不时陪跑的袋鼠，这段路可谓异常艰辛，跑在前面的选手越来越慢，许秀涛一直咬牙紧随其后。他感到自己的脚踝又肿了起来，已经麻木，膝盖也越来越疼。好在他受过专业训练，又有扎实的越野跑功底，他熟悉地变换着步伐，15公里了，他此时的排名是第五。

前方突然出现了一片开阔的海岸线，就在森林转弯处，视野猛然打开，几块瑰丽的巨石耸立在岸边，那形状酷似某种动物的骨骼，宽大弯曲，从不同的角度看上去都有一种奇特的弧线，更令人惊叹的是，许秀涛发现随着他的奔跑，那些巨石呈现出不同的颜色，有时是红色，有时是棕色，忽而又变成黄绿色。他意识到，这就是来之前，人们提到的袋鼠岛的神秘巨石，据说这些巨石是被海浪不断冲刷后形成的，会根据日照的不同角度承现出不同的色彩。

海滩陡峭的悬崖上有一处天然形成的拱门，那就是这里著名的旗舰拱门了吧。这片海滩连接着西大洋的绵延海浪，清澈而又波澜壮阔，海风更猛烈地吹过来，形成一片壮丽的海景，他从未见过这样壮美的海。从茂密的森林跑向开阔的大海，这两种自然风光有如此强烈的对比，却又无比和谐地相融，他被这样的景象震撼了。

他感到在大自然面前，人类是如此渺小，自己只是这世界成千上万物种的一个小分子，在有限的生命里，除了挑战自我，肯定还有更重要的事情。

很快到了折返点，还有最后的 10 公里，沿着宽阔的海岸线，他们又盘旋回到那条蜿蜒的森林公路上，终点是蔡斯公园的灯塔。经过刚才海岸线相对平缓的道路，加上壮美的海景，大家似乎都恢复了一些精神和体力。跑在第一梯队的人，都加快了速度，但是却在绵延不断的上下坡面前，再一次败下阵来，前面几个加速的选手，到了最后 5 公里甚至开始走了起来。

许秀涛努力向前追赶，但是他的膝盖和脚踝再次发出了抗议，他不得不用双手扶着膝盖蹒跚向前，借助双手的力量去缓解坡路带来的冲击，这多少起了点作用。最后 3 公里，他走走停停，超越了两名选手，以 2 小时 45 分的成绩拿到了第三名。

到了终点线，他没有像往常比赛一样进到补给大棚里，而是站在路边看着相继到达的选手，他们每一个人都筋疲力尽，但从他们脸上看到的都是快乐和满足，每一个人在冲过终点的时候都有股灿烂的、释放自内心的快意，他们不像在参加比赛，更像是在举行一场盛大的狂欢。

这是人与自然的亲密接触，他们感受和体验到的是由衷的欢乐和自由。他发现参赛的人中有很多中老年人，大都是非常普通的人，他们不在乎成绩，纯粹是为了快乐而奔跑。

发自内心地去感受、释放自己，用奔跑去拥抱大自然，这种快乐的体验是跑步给他们带来的。他第一次感到，跑步是治愈一切的良药，这比任何成绩和名次都更重要。

＊＊跑步小贴士＊＊

马拉松最基础的是跑步节奏，然后是跑步姿势、身体体能。

跑步能力决定跑步效率，能力越差，跑步速度就越慢，控制好慢速的跑步节奏才能坚持得更远，跑步节奏如果出现不一致，则会导致体能大量损耗于加速度，容易造成岔气和体能下降等状态。

跑步姿势也很重要，比如脚型要与运动方向轨迹一致，两脚平行。腰部挺直，摆臂前不露肘，后不露手。

第十三章　错了再来

2016 年 5 月，北京 TNF100 国际越野挑战赛

　　我可能因为自己不够高而输球，我可能因为自己不够快而输球。但我绝不会因为自己没准备好而输球。

——比尔·布拉德利（美国篮球运动员）

　　如果说马拉松是长距离耐力跑的极限挑战，那么越野跑便是这项极限的升级版，在同等距离下，越野跑的强度通常是公路马拉松的两倍。这些设置在风景奇美但道路崎岖险峻的地点的越野赛道，对身体的柔韧性和肌肉强度都有着更高的要求。百公里以上赛事，关门时间都超过 24 小时，选手们要跑过白天和黑夜，经历日出日落，这不仅是对身体极限的考验，更是对意志极限的考验。

　　北京 TNF100 国际越野挑战赛，被称为亚太区最艰难的赛事，且每年的赛道难度都在逐级升高，被称为越野跑中的

达喀尔。虽然比赛自 2009 年才举办第一届，相比于欧洲的环勃朗峰越野赛（2003 年开始）晚了好几年，但在国内赛场上，他的地位就像欧洲人对环勃朗峰的 100 英里越野赛一样，是户外跑者的终极梦想。

这里也是许秀涛的梦想，只是他没有料到，他要经历一场屈辱后的涅槃，去重新证明自己。"从哪里跌倒，就从哪里爬起来"，为了这句话，他在这个赛场上整整花了两年。

2015 年 5 月，百公里赛段的最后 10 公里冲刺，在经历了十多个小时的艰难跋涉后，时间已是午夜凌晨，夜幕笼罩下的赛道变得异常错综难辨，他在极度疲惫与恍惚中沿着一条土路向终点狂奔，撞线的时候终点显示为第二名，但在赛后两天，他被其他选手举报，说他抄近路。组委会迫于压力，只好将他的成绩减去半个小时，由亚军变为第三名。那之后，他被周围的人误解、非议，大家都认为他是故意作弊，他没有解释，只说了一句"明年见"。面对质疑，唯一的方法，就是用百倍的努力来重新证明自己。

一年后，他再次站在了这个赛场上。这一次的竞争对手同样强悍。有三届冠军杨家根、大连 100 公里越野跑冠军王子尘，还有他的好朋友，2014 年北京 TNF100 的冠军李福越。

比赛起终点都设在西山风景区的狂飙乐园，这一段的西山山脉也是北京自然风光最为密集的一个地带，贯穿凤凰岭、鹫峰、大觉寺、香山、植物园、阳台山、森林公园等。错落其中的历代古迹、寺庙、宝塔、庭院，更是这座现代化都市里尚存不多的历史精粹。这样一个集自然和人文历史精华提炼的赛道，堪称经典。仿佛闹市中的世外桃源，深刻而又静谧，洗涤着人们日益浮躁的心性。

100公里的起跑时间是下午两点，正值一天中最热的时段，北京的春天一向很短，虽然才5月份，此时的气温也接近30度，选手们大多都穿着短衫短裤，同时为了应对山区晚间的低温，大部分人会把厚一点的装备放在背包里。许秀涛跟他们不一样，他不是来看风景的，他的目标很明确，一定要拿到第一名，他已经为此准备和等待了一年，他要让那些质疑他的人闭嘴，没有人比他更渴望这次的冠军。他预计的时间在11小时40分以内，这意味着他到达终点的时间是午夜1点多，为了减轻负重，他甚至没有准备御寒的衣服。

比赛开始了，百公里跑的参赛人数在600人左右，这使得起跑区域并不太拥挤。这次的赛道把去年排在后面的阳台山放到了开始的路段，一上来就需要近1000米的大爬升，这样的路段对股四头肌和胫骨前束的力量要求非常高，使得那些一上来过于兴奋的跑者立马慢下阵来，也让许秀涛、王子尘这些专业的选手迅速与后面的人拉开了差距。王子尘，身材高大匀称，一身强健的肌肉，腹部的六块腹肌若隐若现，难得的是他还有着儒雅温和的气质，这样的外形加上突出的成绩，令他成为近年来颇受欢迎的跑步选手，很多志愿者都是他的粉丝。前10公里，他一直跑在第一位，许秀涛跟在他后面，落后10分钟左右的距离。

在这一类型的超级马拉松比赛中，许秀涛最擅长的战术一直是跟随跑，前半程保持在与领先选手可控的距离内，后半段提速，最后冲刺超越。这次也不例外。

阳台山的山脊绵延曲折，窄而陡峭，几百人跑在上面排成了一条缓缓移动的曲线，在北方粗犷山峦的映衬下，颇为壮观。北方的山与南方不同，没有很多茂密的植被覆盖，只有大小不一的石头阵，好似北方人的性格一样，豪放而威武。

许秀涛想起去年此时，跑这段路时正值赛程后半段，风雨交加的黑夜里，他在前 40 公里处髂胫束旧伤复发，膝盖开始持续的疼痛，又急于追赶跑在第一位的杨家根。那是个实力超强的越野跑者，曾经拿过三届北京 TNF100 的冠军，也是亚洲 ITRA（国际越野跑协会）积分排名第一的选手。顾不上调整节奏，一味猛跑，他在跑到 50 公里的地方不幸滑倒，膝盖撞到路边的石块上，剧痛不已。那条路是与返回路线交叉的一个路口，他在情急之下，跌跌撞撞地跑错了路。去年的回程，也是今年的去程，今年，他一定不能再犯同样的错误。

他想起那些质疑的声音，在不大的跑圈里，很多人误解他故意"作弊"，他离开了任教的跑步训练营，为了生计重新做起了保安。那段日子里，也是身边一直相信他、鼓励他的跑友，给了他最大的动力，他最好的朋友，还是在校大学生的赵海鑫帮他在大学找免费的床位，经常跑马拉松的雨微姑娘带他上山熟悉路线。每周他会跑山 3 到 4 次，每次训练量都在 40 公里以上。

过了龙泉寺的 CP3，他与第一名的差距还是 10 分钟。TNF100 补给食品的丰富程度，在国内赛事里是数一数二的。除了主办方提供的运动饮料、香蕉、能量棒以外，他们还带来了自制的牛肉饼、疙瘩汤。志愿者们热情地招呼他吃东西，他们大多是跑团的跑友，出于对这项运动的热爱，自发来这里提供服务。其中不乏一些因为伤病没有参赛的高手，他见到一些熟悉的面孔，"加油，子尘过去差不多十分钟了"，"还好吧，兄弟"。他感到心里一暖，时间已经过去了 3 个小时，前方还有很多的路要去追赶，他喝了几口水，没有过多停留。

前方是著名的三炷香爬坡，也是这次赛道最陡的一段，几名蓝天救援队的工作人员守在山脚，一副严阵以待的架势。他略感意外，没明白为什么需要这么多人守在这里。他是第一批到达的专业选手，此时大部队，包括 50 公里起跑的选手还没有开始，山上并没有什么人，他稳住呼吸，用前脚掌使力，身体前倾，向上攀爬，这次很幸运，他的腿和膝盖没有感到任何伤痛，只要保持好节奏，他就可以控制比赛。

他不知道的是，这段他此时一个人奔跑的上坡，若干小时后，这次比赛的 50 公里组跑者将来到这里。由于上千名业余选手同时到达，为了安全，蓝天救援队的人员不得不分次分批疏导他们上山，虽然造成了持续半个多小时的拥堵，但由于事先安排的人手充足，并没有发生任何危险和人员受伤。越野赛中最重要的安全保障环节，需要组委会提前根据地形、天气和人数进行合理调配，正是这些专业的救援人员，才保障了更多的业余跑者可以安全地享受比赛的乐趣。

CP5，他落后的时间增加到了 15 分钟，他明白这是由于他爬坡的速度拉开的时间，上坡跑一向是他的弱项，他的旧伤使他在上坡时有所顾忌。赛道的总爬升高度接近 6000 米，赛前他经过充分的计划，上坡路在 60 多公里的地方会减缓，他计划那时候开始提速，到 80 公里的时候，超越对手，然后是一路下坡和平路，他可以保持领先直到终点。

在这之前，他还要经历香山那 2300 多个台阶的爬坡，那段路将近 400 米，是整个赛道上最陡的路段。此时已是夜里 8 点多钟了，天色暗了下来，山里的温度也比白天低了许多，大部分选手都换上了厚的长袖衣服。许秀涛还没感到冷，他跑动的强度大，浑身的热度还可以抵挡这 10 多度的温差。这段石板台阶路，他已经练习了无数次，无论是下雨湿滑的路面，还是艳阳高照的夏日，又或是冬天的积雪，他都在这里踏过。此时，奔跑了 60 公里后再面对这熟悉的台阶，他并不感到非常困难，除了正常的乳酸堆积后的肌肉疲惫，一切都是那么自然和顺畅。

到了平缓的路面，他开始提速。到了 70 多公里时，前面王子尘高大的身影出现了，他看起来有些疲惫，步伐很慢，旁边有个志愿者在陪着他。许秀涛跟了上去，一直在他身边跑了 5 公里，他们彼此都没有说话，高手之间的较量，从来都不需要语言，他们能从对方的呼吸声中感受到一切。很明显，子尘今天的状态似乎不太好，可能是前面冲得太快，他已经筋疲力尽了，终于，他侧过头对许秀涛说："你先跑吧，我知道你的实力。"这是非常大的鼓励和尊重，许秀涛冲他点了点头，开始向前冲去。

此时，前面已经没有人了，过了 CP9 之后，前方只有 11 公里小小五的下坡和公路了，只要保持一路领先，他就是冠军了。但是，他没有想到，这最后的 11 公里，也是他最忽视的下坡路和公路，却成为这场比赛中对他最大的挑战。小小五的下坡是一片土路，接近凌晨的路面一片漆黑，反光的路标，有些并不好辨认，为了避免再跑错路，他只好每跑一段，就停下来仔细查找路标，这样反复几次，打乱了他的节奏，他的身体也由于跑跑停停开始失温。寒冷加上打乱的步伐，他整个人突然开始浑身发抖，脚步也开始晃，他不敢想象这样的状态是否能够使他撑到终点，"行百里者半九十"，难道这就是他即将面对的吗？他被这个可能的结果吓了一跳，眼前开始出现幻觉，黑暗中只有他一个人，他却看到有无数双眼睛盯着他，"不要跑错路"，那些眼睛的声音一直在他耳边回响。

他有些意识恍惚，努力驱使着两条腿向前跑动着。他看到一束光，一个人突然出来拿灯照着他，"这边，这边"，他顺着这束光向前跑，双腿仿佛已经不是自己的了。时间仿佛已经停滞，又仿佛过了一个世纪那么久。

突然，眼前出现了跑道，原来那黑夜中的灯光是真实的，拱门在前方向他招手，凌晨守候在终点的人群开始躁动起来，"加油，冠军！"他用尽最后一丝力气，向拱门前的终点线做了一个惊人的飞跃，仿佛像一个跳高运动员将要跨过那条横幅一样。

11 小时 30 分 40 秒，一个不可思议的成绩，他拿到了冠军。

这一次，迎接他的是如潮的掌声。

有时候，世界很公平，努力到一定程度，终将会得到幸运。

第十四章 一匹黑马的诞生

2016 年，韩国亚洲越野大师赛

是时候出去挑战一下了！

韩国中北部的东豆川市，在首尔以北。因为距朝韩边境只有 20 公里，一直是军事要塞。

4 月初春的天气，乍暖还寒，山上的杜鹃花刚刚开放，枝叶开始翻绿，溪流穿梭在绵延起伏的山谷中。零散分布的碉堡和坟墓，使得这里虽然白天风景怡人，夜晚却有些阴森恐怖。

2016 年 4 月 24 日，韩国亚洲越野大师赛，即将在这里举行。

这是韩国第一场长距离越野跑赛事，也是 ITRA（国际越野跑协会）及 UTMB(超长距离越野跑世界巡回赛) 资格赛之一。

在香港的 TNF100 公里挑战赛中败给英国人拿到第二名之后，许秀涛这次的目标非常明确，一定要拿到冠军。

他年轻，体力充沛，血气方刚，但长距离的越野跑更重要的是对经验、耐力、心理和意志的考验，在这种持久战上，年轻反而并不是优势，有些东西是需要岁月磨炼才可以扛过去的。这也是为什么很多优秀的长距离跑者的年龄都是 40 岁以上，因为他们有着丰富人生阅历。

重量级的国际越野大赛上，向来不乏高手，这次也不例外。在来自 26 个国家的近 500 名选手中，就包括日本著名的越野跑大神——镝木毅。

这是一位有着传奇经历的日本名将。他 48 岁，身材精壮修长，拥有近 20 年的越野跑经验，崇尚跟自然融为一体、自由快乐的奔跑哲学。他曾经拿过多次亚洲、美洲百公里以上的赛事冠军，也是第一届北京 TNF100 挑战赛的冠军，日本环富士山越野赛的创始人。

跑步在日本有很久远的历史，长跑甚至是其民族文化的一部分。著名小说《强风吹拂》改编的电影《箱根驿传》，讲述的就是一群少年如何用坚忍的毅力不断奔跑、突破极限的长跑接力故事。

而这位镝木毅，则是当今日本顶级越野跑者的代表。

当然，还有包括欧美及韩国本土的许多优秀参赛者。这里藏龙卧虎、高手云集，但是冠军只有一个，结果只有在比赛中才能揭晓。

选手们陆陆续续抵达比赛地，许秀涛也提前三天来到这里。比赛的赛道全程59KM，爬升高度近4000米，需要翻越五座山峰，近90%的路段是林中小径和碎石路面。大家一边忙着熟悉地形，适应当地的饮食，调适装备，一边互相熟悉、打趣着。

来自中国的参赛者不多，大家很自然地聚集到一起，许秀涛在国内已经拿过不少冠军，人又单纯随和，大家都很喜欢他，有位来自大连的大哥叫他"小山东"，还有位曾经在北京西山跑过两个半程的大哥，叫他"007"。

但在异国他乡，国际越野跑圈里，还没有多少人知道他。

媒体忙着采访日韩选手，没有人关注到这个瘦弱的小伙子。

他们不了解这个来自中国山东的年轻人会有多大的能量，更不会想到这场比赛的结局将由他来改写。

白天山区的风景令人非常惬意，户外越野跑的一个迷人之处，就是每次都会看到不同的风景。

但此时，许秀涛的心中却无法轻松起来，为了这场比赛，他提前半年就开始训练，在香港大师赛输给英国人屈居第二之后，他只想在国门之外，拿到一个 No.1！

他知道，等待他的，将会是一场非常艰巨的挑战！

黎明前的黑暗

比赛前一天晚上，在沉重的压力下，他彻底失眠了……凌晨 3 点钟，他起床，准备去赛场。

起跑的时间是凌晨 4 点 30 分。4 点钟，所有选手准时到达赛场。

4 月的韩国山区，早晚温差很大，不到 10 度的低温把穿着比赛服的选手们冻得瑟瑟发抖，好在比赛开始前没有冗长的仪式，非常利索。4 点 30 分，比赛准时开始。

许秀涛被挤在人群中，天黑看不清，加上凌晨的雾气和低温、整晚的失眠，他感到有些恍惚和麻木。一开始，他并没有听到发令枪的声音，看到前面的人群跑动起来，才意识到比赛已经开始。

凌晨 4 点多的山路，漆黑一片，所有选手都开着头上的顶灯，长跑装备的顶灯跟矿工的头灯类似，穿过黑夜映射出一条条白色的光芒，远远望去，好像一条条撒落人间的银河，只是这每一道银河下面，都有着一个不安分的灵魂。

第一阵营的人速度很快，起跑后不久，就与人群拉开了距离，许秀涛紧紧跟着他们，他的计划是确保自己一直在第一阵营，然后超越。

崎岖的盘山路，凌晨山中的雾气，使得落叶碎石覆盖的路面泥泞湿滑，迫使他不得不低头专注于脚下。很快，他碰到了第一个麻烦。

他一头撞到了前面一个支出来的树干上，因为完全没有防备，他基本上是用整张脸迎了上去，短暂的眩晕后，他发现头灯不亮了，被撞坏了。他检查了一下自己，感到没有伤到眼睛和其他部位，但是这一停顿，第一阵营的人已经甩掉了他，慢慢消失在远方。他在黑夜中失去了光芒，在刚刚出发不到 5 公里的地方。

他只能放慢脚步，等着后面的人过来，借着他们的灯光继续前行。

他有些懊恼，皮肉上的疼痛并不算什么，但失去了头灯，就意味着在天亮前他都不能跟上第一阵营的人。他只能压着自己的步伐，跟后面的人跑在一起，跟着光跑，此时光线是他唯一的指引，他唯一希望的，就是天快点亮起来。

不知不觉，大家沿着一条小径又向前跑了 3 公里，天色也逐渐亮了起来。突然，前面的人停了下来，以一种迷茫的眼光环视四周，大家这才发现周围并没有赛道的标示，他们跑错了路！

距离出发点，他们已经跑出了将近 10 公里的路程，比跑错路更可怕的是，他们不知道正确的路在哪里，找到正确的标志还要往回再跑多少公里？

在这样一个全程 59 公里的比赛中，几公里的差距除了体力上的消耗外，更意味着浪费了至少几十分钟的时间。

那个在前面带路的人崩溃了，后面一部分被带错路的人，也都纷纷放弃了比赛。

许秀涛没有迟疑，他迅速往来时的路折返了回去，这是之前头灯被撞坏的连锁反应，他不能再继续浪费时间了，这次比赛的路标有的标在沿途的树干上，有的设在路边的灌木草丛里，但每个拐点，必定会有一个标记。只要找到走错的交叉点，就可以找到正确的路。

往回跑了 2 公里左右，他终于在路边的一处灌木丛中发现了路标，顺着正确的方向，他开始了追赶。

黎明已经到来，他终于可以自由地向前奔跑了。

比赛才刚刚开始……

追赶，追赶，追赶！

到了第一个打卡点，很多人在里面休整。他得知跑在前面的人，至少超过他有 20 分钟，接下来的 40 多公里，他必须把速度提起来，这与他平时的训练节奏完全不一样，他知道此时提高配速对他的体能将是一个巨大的挑战，但现在，他别无选择。

出了打卡站，他很快进入一种"前不见古人，后不见来者"的状态，前面的第一阵营完全不见踪影，后面的人又追不上他。在黎明破晓的山路上，只有他一个人在狂奔，还有山间的松鼠，以及时不时被脚步声惊扰到的狗，不满地在山间叫着。

为了速度，他不得不蹚过一条溪流，没有脱鞋，一下去，水立刻没过了膝盖，他没有想到有这么深，只好努力挪动双腿。这是个军事区，赛前曾听说这里埋过地雷，他不知道水里有什么，也来不及去想，只能拼命往前窜。上了岸，吸饱了水的鞋和裤子，湿答答的贴在身上，沉甸甸的，幸好越野包没有湿，但是包里也没有可替换的衣服。他只有继续向前奔跑。

好在太阳慢慢升了起来，伴着早春的微风，身上的鞋裤随着奔跑，慢慢被吹干了。

过了第二个打卡点，在 20 多公里左右，他追上了两个美国人。

"Fuck the game"，其中一个一边念叨着这句话，一边奔跑着，并给追上来的许秀涛分享了一粒盐丸。长距离跑中除了要少量多次地补水，还要提防排汗过多导致的低钠症状，所以每个选手都会准备盐丸。

跑步文化在美国也已经有超过 40 年的历史了，从 20 世纪 70 年代开始，路跑、户外马拉松及越野跑，在美国境内的普及率就非常高，跑步几乎是全民生活方式之一。在全世界范围内，UTWT（世界超级越野跑巡回赛）的大部分举办地都遍布在美洲、欧洲，少量在日本、韩国，可见，世界级的顶尖跑手也基本来自这些地区，而在中国，跑步才刚刚兴起，更不要说长距离越野跑。

许秀涛也从越野包里拿出香蕉递给他们，他感到自己置身在这些国际高手之间，一切都是崭新的。跑步让他的世界变大了，不分年龄和种族，此时此刻，他们在同一个地段，奔向同一个目标，经历同样的困难和挑战。这让他觉得，自己并不孤独。

他可以从这两个人的呼吸上，感受到他们的疲惫，但他们很快乐，一路聊着骂着，无论怎样，他们都很享受这个过程，他们在为自己而跑！

他也可以这样跑下去，他可以轻松完成比赛，但绝对拿不到冠军。

许秀涛知道自己的目标跟他们不一样，这不是任何人强加给他的，而是他自己觉得该做出点什么，除了证明自己之外，还多了一层其他的意义。

他还年轻，他还有体力，比赛的路程刚过了一半儿，第一阵营的那些人，速度再快，也远没有达到终点，他还有时间继续去追赶。他加快了脚步，超过了那两个美国人，而前方的第一梯队，依然不见踪影。

希望，就是绝境中的坚持！

一种熟悉的、乳酸逐渐堆积带来的疲劳感，越来越强烈地袭来，接近30公里了，前面依然没有人，他从来没有感到过如此绝望和孤独。

跑步从来都是一项孤独的运动，他想起自己少年时在体校绕着操场练跑，一跑就是十几圈，那些打球的人看到他，嘲笑他，说他什么都不会，只会傻跑。跑步的时候，从来没有同伴可以替你分担，你所能做的，就是聆听自己身体的节奏，呼吸、迈步，然后不断去超越，不让自己停下来。

此时天已经全亮了，太阳升上来，空气也开始慢慢变暖，山上的小径落着初春的树叶，他低头关注着脚下的山路，对这样的爬坡和强度已经不再陌生。

他想起自己独自一人在青海高原上的训练，大年三十，独自刷了一个 50 公里的山路，天寒地冻、空气稀薄的高原上，陪伴他的是头顶盘旋的老鹰和雪山上的冰雪。想起那作为补给的、放在山石旁边的一袋橘子，被老鹰叼走，而他只能无奈地看着这个空中的陪跑者，拿走自己唯一可以补充水分的东西，口渴难耐之下，他只好去吃山上的积雪。

相比而言，眼前的环境是如此的温暖舒适，山花烂漫，每过一个打卡站，他都会先补充一些运动饮料，然后再吃掉一些营养棒。但他仍感觉异常疲惫，过快的速度让他的肺承受着巨大的压力，双腿沉重得几乎迈不动，呼吸随着爬坡的高度越来越吃力。

每过一座山坡，他都能听到喉咙中发出的异样的声音。前面的山路似乎永远没有尽头，他本能地挪动着双腿，100 米、200 米，向前、继续向前……

他不知道自己是否已经出现了幻觉，他想起支持自己的父亲，在所有人都不理解跑步的时候，父亲是唯一支持他走下去的人；想起自己如何来到北京，一起跑步的朋友帮他安排工作，资助他参加比赛。是他们让自己坚持了下来，而这次他的目标是冠军，他不想让这些人失望。

只是，此时此刻，他甚至看不到自己的对手在哪里，在他前方多少公里处，他有时甚至怀疑自己又走错了路，怎么会跑了这么久，还没有看到前面的人？除了不断地向前，不断地挑战自己的极限，他没有任何办法。

人生最大的绝望，就是在看不到希望的时候仍然去坚持！而此时，他正处于这种深深的绝望中。

越来越强烈的疲惫、饥渴，以及身体上的酸痛，加上心理和精神上的煎熬，他已经分不清是哪种更痛苦。两条腿似乎已经不是他自己的了，脚上也许已经磨出了水泡，谁知道呢，他只感到一阵阵刺骨的疼痛一直伴随着他。

"无论怎样，不能放弃！"他只有这一个信念。

在他跑进第四个补给站的时候，一名工作人员把他扶住了。他才明白发生了什么，自己的一条腿被划破了，两道深深的伤口一直在流血，医务人员一边忙着处理他的伤口，一边建议他放弃比赛，他们担心伤口太深，会有后续的危险。

前面还有将近 20 公里，在得知此时还没有人冲过终点的时候，他毫不犹豫地拒绝了这个建议。

补充了运动饮料和能量棒，他再次上路。

"冠军还没有产生，我还要继续追下去，我还有希望。"

如此令人幸福的背影

出了第四个补给站，不知道是处理了伤口还是吃了一些补给的原因，他感觉好多了，那种将死的疲劳感没有了。只有最后十几公里了！他再次加快了速度。

终于，在爬上一个山坡后，他发现了前面几百米处有一群人在山径间移动着。那是跑在第一阵营的人！经历了漫长的追赶，他终于看到了希望，仿佛那一瞬间，疼痛和疲惫都消失了，他兴奋起来，脚步也轻快了许多。同时，随着距离的拉近，他意识到相隔几米或十几米远的这群人，已经疲惫不堪，他能感受到他们奔跑的每一步的艰难，加速对他们来说几乎是不可能的，而此时的自己一定能超过他们。

这是一段下坡路，为了争取更快的速度，他不顾一切，几乎是连滚带爬地下了山坡，他已经记不清自己是滚下山的，还是跑下来的，Whatever，他超过了他们。而这群人，在看到他的时候，只是近乎无奈地，苦笑了一下，看着这个年轻人从他们身边，以一种不可思议的方式跑到了前面，他们已经无力追赶！

在超过这群人后，他看到前方一个瘦削挺拔的身影，"镝木毅"！他几乎快要叫出来，这个一直让他魂牵梦绕的大神，终于出现了。他保持着领先的优势，脚步依然稳健，不急不忙地保持着节奏，看不出有明显的疲惫。

"超过他"，许秀涛心里只有这一个信念，在经历了 40 多公里的追逐之后，他觉得眼前这个背影让他如此幸福。

他追了上去，这又是一段下坡路，下坡是他的强项。镝木毅感觉到身后这个年轻人的时候，下意识地加快了脚步，但不知为何又慢了下来，只是对他谦和又无奈地笑了一下，许秀涛礼貌地说了一句"Hi, come on"，他从心里非常尊敬这位大师，不只是因为他的名气，更是因为他宣扬的平和自由的跑步精神。

"跑步不是竞赛，而是一种自我实现，每个人都在追寻自己的人生价值，而跑步可以帮助你找到自己的价值。"那是一种境界，他无形中为有这样的对手而感到骄傲。

"Come on "说过之后，他意识到自己已经超过了镝木毅。此时，赛程已经接近了 50 公里，他只需要在接下来的路程中，一直保持领先。

因为冲得太快，这一路他已经接近虚脱，在到达终点前，他还需要战胜自己！

China, China come , China, No.1!

跑到最后一个山坡的时候，许秀涛才发现，杜鹃花是那么美，春天的绿色枝叶，伴着温暖的早春阳光在山路上映射出斑驳的影子。前方不远，他已经可以隐隐约约看到终点的体育场。这片山，这片景致，注定会永远留在他的记忆里，他感到有东西从脸上不断地流下来，他已经分不清那是汗水还是泪水。

进入体育场的时候，周围伸着脖子等待了许久的人群骚动起来，许秀涛停下来，从自己的越野包里取出背了一路的五星红旗，双手高举过头顶，开始冲刺。"China, China Come!"人群开始喊起来。

空旷的跑道上并没有竞争者，这 200 米，他迈开了大步，人群沸腾了，"China, China, No.1"，7 小时 11 分 02 秒，他冲过了终点。

他做到了，拿到了第一个国际越野赛的冠军！

几位黑人选手在赛后，跑过来找他合影，此情此景令许秀涛难忘。这意味着，在国际耐力赛场上，他是少有的可以战胜黑人选手的中国人。

在进入国家队时没有完成的梦想，终于在此时此地实现了。

异国他乡的越野跑赛场上，飘起了一面五星红旗！

附注：

在这场比赛里，许秀涛在绝望中追赶的时候，前三个打卡站，有100 多人由于天黑影响了速度，被关门退赛。在第四个打卡站，又有

100 多人由于疲劳，休息过度，超过了关门时间，被退赛。这次比赛，完赛者只有不到 200 人！

镝木毅在被他赶超之后，放弃了比赛。

那位称他为"007"的北京大哥，在关门前的最后一分钟，冲过了终点。

第十五章　一个人的奥林匹克

2016 年 8 月，北京五环横穿极限挑战

幸福存在于奋斗不懈，并且在忠诚、勇气与毅力中，找到生命的意义。

——威廉·詹姆斯（美国哲学家、心理学家）

许秀涛曾经有一个没有实现的梦想——参加 2012 年的伦敦奥运会，现在，他想通过这次奔跑，实现自己心中的奥运。

或许人类在进化过程中，生来就具有一种探寻生命边界的冲动，比如我们的祖先从爬行到直立，再到奔跑，比如人类不断探寻的外太空边界，比如挑战超自然的冰川高峰珠穆朗玛，也许正是这种不断探求的精神造就了人类物种在这个世界上的进化和生存。超越自己的边界和极限，去探寻自己生命的广度和深度，也许这才是生命的意义。

也许，你所做的事，具有精神感召力，对他人有激励，对人类进步有帮助，这才是探寻边界真正的价值。

正如现在，北京城著名的行车环线，这条曾经的飙车赛道，每天无数辆汽车轮胎翻滚过的路面，有人非要用双腿去跑完它一样。全程近 300 公里的柏油马路，明明可以用车，却非要用一天一夜的时间跑完，这人不是疯子，就是神经病。

这已经不是他第一次去跑柏油马路。前一年，许秀涛曾经在天津的一所大学担任体育助教，那年暑假过后，从北京去天津上班，火车当天的票卖完了，他就从北京一路跑到了天津。100 多公里的国道行程，30 度的高温，路上被汗水浸透的疲惫和窘迫，车轮扬起的尘土与他脸上的汗水混合在一起，让他看上去异常狼狈。有好几辆路过的私家车看到他，主动提出要载他一程，都被他拒绝了，其中包括两个开着宝马的漂亮姑娘。

他也不知道自己为什么像着了魔一样，非要跑步去，明明可以再等一天坐火车，明明可以接受这些人的帮助，他却执意要这么跑。

那时他很穷，穷到买不起几百元的高铁动车票，只能买几十元的普通火车票，而这样就必须再等一天，他不愿意接受这种命运的安排。他只想用自己的方式，实现自己的愿望。如果跑步可以做到，那就跑步去，接受别人的帮助，不是他的初衷，像跟自己赌气一样，他只想用自己的能力去做到。这是他当时唯一的单纯的想法，那一次，他跑了 12 个小时，比等火车票快了整整 24 个小时。

但这一次不同。现在，他已经不是一个人在奔跑。在出发点奥体中心，"阳光助跑团"的跑友们举着横幅"阳光跑助力一个人的五环挑战成功"等着他，热心的跑友提供了保障补给车一路跟随他，专业的康复师随车为他提供拉伸和医疗保障。陪跑的志愿者，有的骑着自行车，有的在旁边一路奔跑跟随，为他鼓劲加油。他的精神力量带动了他们，他不是在为自己奔跑，大家的鼓励让他感到自己的挑战更有意义。

他坐在路边喝了一些水，补充了一些面包和能量棒，脚上那被钉子扎破的地方，已经起了水泡，旁边的志愿者细心地帮他挑破、消毒，做了冰敷和简单的处理，他换了一双软底大一号的鞋子，之前的鞋因为脚的肿胀已经穿不下了。

稍作休整后，他感觉好了一些，凌晨 3 点，他开始继续奔跑。离前一天从鸟巢出发，已经过去了 18 个小时，身边的志愿者自发形成了接力的队伍，他们换了一批人，继续陪伴在他身边。

凌晨 3 点的北京，安静却不寂静，路面上不时驶过的三三两两的车灯，高楼里星星点点的灯光，展现着这座城市里那些深夜劳作的人们，正如他此刻依旧奔跑在路上，这些人也和他一样，只不过是用着不同的形式。

这里不像他的家乡，一到夜晚就一片漆黑，寂静无声。北京的夜晚和白天，有不同的色彩和声音，只是换了一种忙碌的方式。他边跑，边感受着这种奇妙的氛围。他喜欢这座城市，虽然这里曾给他无数次打击、挫败，甚至是羞辱，但依然有一种说不出来的魔力，始终吸引着他，那种博大、开阔、人们高效忙碌的节奏、充满竞争的环境，每时每刻的那种新鲜的刺激，总是能带给他新的希望。

　　一个小时后，他的髂胫束再次疼了起来，这是他的旧伤，每次持续奔跑到一定强度后都会发作，他不得不示意补给车上的康复师傅，给他做一下拉伸。随车的康复师是北京一家医院的理疗师，也是一个跑步爱好者，志愿来为他这次的奔跑做后勤支援，他在马路边铺了一块瑜伽垫，让许秀涛平躺在上面，用熟练的手法帮他拉伸大腿和小腿。过紧的肌肉在外力的作用下被牵扯得生疼，他忍不住喊出声来，随着筋骨慢慢被揉开、舒展，他才感觉没有那么疼了，肌肉也慢慢放松下来，不再硬得像石头一样。

　　每次运动完做拉伸，是他一直保持的习惯，这可以缓解肌肉疲劳带来的乳酸堆积，减少肌肉黏连，加速血液循环，让紧绷的肌肉放松下来，也是为下一次的运动做好充分的准备，这也是他这么多年来，一直没有严重受伤的原因。这一次超长距离的跑动时间和距离，他也把拉伸作为不可缺少的一个环节。果然，他的膝盖没有那么疼了，他又重新奔跑起来。

　　随着不断奔跑的步伐，在又跑了 1 公里左右的时候，他的膝盖完全不疼了。人体的自我调节能力真是神奇。医生曾经说过，髂胫束的这种伤会随着跑动越来越严重，但是他发现自己已经养成了一种自愈能力，在每次比赛出现疼痛的时候，他会尽力去拉伸大腿，随后这种疼痛就会消失，而且每次发作的时候症状都会比之前有所缓解。这种现象连他的医生也无法解释，他们称之为"奇迹"。也许人体的自愈能力在运动过程中会被激发，从而达到这种自我治疗的作用。运动可以改善人体的机能，达到自我修复的力量，这也是他始终相信的。

天慢慢亮了起来，有些早起的人们已经开始劳作，街上的车也逐渐多了起来，他已经跑到了三环。他看着这座城市又一点点恢复到白天的忙碌，路边的早点铺子，遛狗的年轻人，还有在街心公园打太极拳的老大爷，新鲜的空气和阳光，又是崭新的一天。

脚底被扎破的刺痛又开始了，他必须每隔一段时间就换一下鞋袜。肿胀的脚使得袜子很难脱下来，每次都是跑友们小心翼翼地帮他把被汗和血湿透的袜子取下来，为了避免脚直接与鞋子的摩擦，他们还要处理完伤口后再帮他重新穿上新的袜子，这个过程令他异常痛苦，以至于跑友每一次都不忍心去看。但是，他不能停，只要一停下来，或坐或躺，他就很难再站起来，再跑，浑身就会疼，一定要跑到身体慢慢发热才会好一些。

"既然这么痛苦，为什么还要坚持。"他不止一次地想过这个问题。整整262公里，这是一个马拉松6倍多的距离。他曾经把参加奥运会当成他的人生理想，认为只有站在那个赛场上，跑一个全程马拉松，拿到一个名次，才是他价值的最终体现，但现在，他不这么认为，他已经拿了几十个冠军，从 42 公里的马拉松到上百公里的越野赛，在世界各地的赛场上、在各种赛道上，奔跑和运动已经融入他的血液，成为他的一部分，这给了他无比的自信。

"更高，更快，更强"，不必通过哪个特定的赛场去实现，只要心怀梦想，任何一个地方都可以是自己的赛场。他想通过这个挑战，告诉人们，奥林匹克精神就在你的身边、你的脚下，去努力，去超越，你就可以做到更强！他已经不在乎自己的跑步成绩，他要带动更多的人，给他们带去能量和勇气。

整整一天了，他的陪跑团一直伴随着他，补给车的司机和康复师傅，都不忍心看他，只是默默地递给他一包榨菜、一块面包、一点水，让他补充体力。国贸、中关村，经过这些繁华地段的时候，他吸引了很多人的目光，有些人甚至会跟在他的后面跑上一段，如果这是行为艺术，就把它当成自己对奥运精神的一种表达吧。

接近中午的时候，跑友上前告诉他，有很多一起跑步的朋友和媒体在二环的鼓楼大街等他。

想到这些给过他众多帮助和鼓励的伙伴，要跟他一起见证这项挑战，他有些兴奋，不禁加快了脚步。

空气渐渐热了起来，气温上升得很快，到了离二环不远的地方，已经接近中午，他不得不少量多次地补充食物和水。这种超长距离的运动，最大的忌讳就是一次性的吃过多的东西，这会给肠胃造成很大的负担，影响血液回流到心脏和四肢，所以科学的补给，一定是少量多次，而且必须不断补充盐分，防止随着汗水流出的钠的缺失，那样会导致人体的意识模糊，很多跑步选手的猝死，都是由这种低血钠症导致的脑部缺氧所致。

夏天正午的阳光烘烤着他，许秀涛的皮肤又开始晒伤、脱皮了，昨天在跑五环的时候，他已经经历过一次这种阳光对皮肤的烘烤。裸露在外的肌肤先是变红，然后由红转黑，再是脱皮，这种煎熬无法通过涂抹防晒霜去避免，因为身体不断涌出的汗水会完全淹没这些防晒霜的效果，这些皮肤反复被带着盐分的汗水腌渍着，火辣辣地疼。他不禁想起烧烤的肉，一般都是先经过腌制再烘烤，而他的处境，则是把这个过程反过来，今天，已经是他两天之中，第二次经历这个先烤后腌的过程了。

他觉得自己以后再也不会想吃烧烤了。

二环是北京的老城，除了分布在西边的颐和园和圆明园这些历史遗迹外，老北京城的一些原貌只在二环以里才有体现。东直门、西直门、积水潭、鼓楼，这些地名，有时比三环以外现代化的建筑更让人感到亲切。

在鼓楼大街，他见到了狮子会香山队的前队长周老师，北京西山山脉的香山是他经常练越野跑步技巧的地方。在那里，他得到了周老师悉心的照顾和指导，没有周老师的帮助，他不可能有之后众多越野比赛的好成绩。他看到跟他一起跑过东极马拉松的企业家毛大庆老师，他们曾一起在零下35度的极寒天气下，分享过一瓶防冻霜，一起满脸冰碴地跑完全程。还有那些一直关注他，在他每一次比赛后都报道他跑步历程的媒体记者们。他昔日国家队的一些队友也来了。

一下子见到这么多老朋友，他竟有些恍惚了，也许是连续奔跑的时间太长，有些虚脱，终于见到这些老朋友的时候，他已经分不清眼前是幻觉，还是真实的场景。"好样的，秀涛。""加油，秀涛。"几句简单的问候鼓励着他，他感到心中温暖，身体也慢慢放松下来。

二环最后的15公里，护城河畔，在他们的陪伴之下，许秀涛依然疲惫却异常欣慰。

最后一环是故宫，围绕着这座旧皇城一圈的最后5公里。更多的人聚集在这里为他加油，这262公里的最后5公里，大家都非常激动，他也异常激动。在兴奋的人群簇拥下，他接近虚脱地坚持着。

这炎热的午后让他想起了父亲。有一年暑假在工地搬砖，接近40度的高温下他几乎中暑，父亲让他在旁边喝水休息，自己一个人顶着烈日继续劳作。他想着那个被晒黑发烫的背影，不断地想，想到自己在北京如何生存下来，如何在大家的资助下跑了那么多比赛，如何从一个人跑到一群人。不能倒下，不能停，向前，他反复提醒自己，用尽仅存的体力坚持挪动着双腿。

这最后的 5 公里，仿佛是他人生中最漫长的 5 公里，时间仿佛停滞了，每一分钟都过得如此缓慢，就在感到要晕过去的时候，他终于跑到了终点——天安门广场。整整 32 个小时 10 分钟！

他创造了跑步刷遍北京五环的历史。

其中，五环 110 公里，用时 10.5 小时；四环 65 公里，用时 10 小时；三环 49 公里，用时 4 小时；二环 33 公里，用时 5 小时；一环（故宫）5 公里，用时 40 分钟。全长 262 公里，全部耗时 32 小时 10 分，跑步净时长 30 小时 10 分。（每环之间，由保障车沿京城中轴线从一环移动到另一环）。

他成为史上连续跑遍北京五个环线的第一人！距离最长也是最快的第一人。

＊＊跑步小贴士＊＊

近 300 公里的奔跑属于极限跑，极限跑的前提是要有长久的训练基础。

至少有 3 到 5 年的百公里比赛经验和完赛水平。

不建议大家模仿，否则极容易造成运动损伤和不可挽回的后果。

第十六章　10城24小时

2017年5月到12月，11城市24小时跑

这是个成就生命伟大的舞台，是我们展现所有善与美的地方，勇气与决心，训练与意志，负面冲动的净化，使我们看见自己的完整和神圣。

——（美）乔治·希恩《跑步圣经》

24小时，可以用来做什么？在路上堵车、处理琐事、吃饭、睡觉，无数个平凡的24小时构成了我们的生命，我们的一生中会有很多个24小时，又有多少个24小时是真正有意义、让你永远难忘的？

如果一直奔跑24小时，身体会承受怎样的极限？

2017年，24小时·10城接力挑战赛，席卷全国。比赛将在全中国由南到北的10个城市——西安、长沙、北京、合

肥、上海、成都、南京、温州、福州、广州举行，历时 7 个月，参赛者可自由组队进行接力，一队由 8 名选手组成接力阵容，共同完成 24 小时不间断一天一夜的跑步。这是一项公益性质的赛事，旨在通过这样的跑步形式，向残障人士及贫困山区进行民间募捐。

许秀涛做出了一个异乎寻常的决定，一个人完成这 10 个城市，每个城市 24 小时的奔跑。他要通过这次奔跑，给贫困山区的儿童捐赠一个田径场。为了帮助残障人士，他又多加了一个城市——哈尔滨，也就是说，他将一个人完成 11 个城市的 24 小时奔跑。

从一个专业队退役的运动员，到发展为一个独立的职业运动员，许秀涛已经奔跑了 4 年。他为了改变自己的命运，为了生存而跑；为了证明自己，为了拿冠军而跑；为了挑战和超越，实现自己的体育梦想而跑。

跑步的这几年，他认识了很多朋友，他们帮他找住的地方，带他熟悉地形，陪他练跑，资助他参加比赛，他从一个人，跑到了一群人，他成立了自己的训练营，很多热爱运动的残疾朋友也加入了进来，每次看到他们，他都会想起自己的姐姐，他渴望帮助他们，使他们得到更多的关爱，享受和普通人一样平凡的幸福。

他很庆幸，他通过努力，已经还清了家里的债务，但他的父亲始终做着那份纯朴的工作。父亲从未想过离开家乡，他默默地用他那宽厚的臂膀支撑着他，告诉他坚强地向前。

他从山里跑出来。那里，他儿时穿着 102 球鞋上学的山路，灌木密布，坑洼不平，父亲不得不用镰刀给他开出一条土路。在学校的田径场上，他拿到了人生中第一个跑步冠军，那一圈圈红色的跑道，给了他人生中最大的快乐。他多么希望在贫困山区的孩子们可以拥有自己的田径场，可以在上面无拘无束地奔跑。

比他大 8 岁的姐姐，至今都没有走出过家乡的山，却从来没有停止过对他的鼓励，每次他取得成绩，姐姐都为他高兴。

这 11 个 24 小时，他要为他们而跑！

2017 年 5 月 13 日，第一站：西安

35 度的高温下，西安大明宫国家遗址公园里热闹异常，100 多个当地的跑团聚集在这里。这里曾是世界上最大的皇家宫殿，是明清时期北京紫禁城的 4.5 倍，如今，这个千年遗址已成为当地市民的休闲绿地，也是西安的一个跑步圣地。这场比赛，是西安跑者的盛大聚会，更是向历史致敬的典礼。

比赛规则是在 24 小时之内，按累计跑步里程数最多的团队排序，排名前三位的，组委会和中国人寿将以跑团的名义，向"姚基金希望小学"和"渐冻人基金会"捐赠不同金额的篮球设备和康复仪器。

作为国际极限超长耐力跑世界冠军和单次公路跑最长最快纪录的创造者，许秀涛是唯一一个被准许以个人身份参赛的选手。组委会将严格按照竞赛规则，他在同一个打卡点两次打卡间隔不能超过 2 个小时，并配备了赛事督导和医护保障。同时，北京体育大学的一个运动营养康复团队，将为他提供营养补给和运动恢复。

跑道设在一条不到 3 公里的环形路线上，这也就意味着，24 小时的赛程里，选手们将连续跑上几十圈。团队接力的选手们，每个人最多会跑 6 到 7 圈，而许秀涛要在同样的路线上连续跑 50 圈以上。这对于他这样跑惯越野赛的选手来说，无异于一种精神上的折磨。看不到一路变化的山径，没有突然出现的野花的芬芳，没有高低错落的山峦提醒你一路的进程，也没有随着奔跑升起的太阳，更没有朦胧的暮色包裹你的思绪。你看不到终点，甚至不知道谁是你真正的竞争对手，有的只有时间的流逝，和自己孤单重复的脚步。

24 小时超马赛的历史由来已久，人类在时钟没有发明之前，就有按照日出和日落进行奔跑的仪式，人类按照太阳运行的规律测试体能。到了 20 世纪 90 年代，欧洲和美国都设有类似的路跑赛事，参赛者在不到 2 公里的跑道上反复绕圈，这种比赛考验的不只是人的体力，更多的是人类在枯燥乏味的场景下的精神意志。很多曾经跑过 24 小时以上、数百英里比赛的世界顶尖的超马选手都在这项比赛中弃赛，并不是由于身体坚持不下去，而是忍受不了这种单调重复的节奏。这就好比一只小白鼠，让它绕着同一个圈连续不断地跑上 24 小时，它也会疯掉。

这次，许秀涛面对的，就是这种让人发疯的考验。这也是他第一次跑这样的24小时。他要在7个月里，在11个不同的城市重复11次这样的24个小时。

下午3点，比赛准时开始。

周末的公园格外热闹，参赛的跑团，周围看热闹的市民，前来报道的媒体，不到3公里的赛道周围布满了人，热烈的气氛下，人群沸沸扬扬地开跑了。许秀涛夹在一群意志昂扬的选手中间，脚步格外沉稳。对于一个要连续奔跑24小时的人来说，如果一开始的配速跟跑3个小时的人一样，就是自寻死路。他必须平均分配自己的体力，持续地匀速前进。他的陪跑团，狮子会的跑友，以及由3个人组成的补给小队在道边搭了一个棚子，随时监测他的状况。

这项赛事，由于有他这样一个连续奔跑24个小时的个人参加，显得有些不同寻常。有的参赛选手跑到他旁边的时候，会善意地提醒他，"连续跑24小时太拼命，不要拿自己的生命开玩笑"。他能理解他们的好意，但是，他的目标是筹集孩子们的田径场，他一定要完成这次的挑战，他是一个经过超强度训练的跑者，必须要经历超越常人的磨炼。

6个小时过去了，天色早已慢慢暗了下来，公园里的人也越来越少，其他的接力选手还在一圈圈地交接着。许秀涛补充了一些运动饮料和面包，这种长时间的奔跑，补给需要少量多次，运动中人体的血液较多集中在四肢，如果吃得过多，会给肠胃增加负担，还会增加疲劳感，所以科学的摄取是非常关键的。这次给他提供补给的是清华大学的一个运动营养中心，他们配备了含有矿物电解质的水、运动能量棒，以及一些粥和面包、方便面。夜深了，几个年轻人一直守在这里，随着许秀涛每一圈的奔跑，密切关注着他。

起跑 8 个小时后，许秀涛感到自己左脚脚趾有点不太对劲，他明显感到着地的时候使不上力气，他已经跑了将近 60 公里，在又一次跑到他的补给区的时候，他停了下来，检查自己的左脚。

在脱下鞋的那一刻，旁边的补给员小张一下子惊呼出来，许秀涛也注意到自己白色的袜子已经被鲜血染红了，那景象有点可怕，他不由得倒吸了一口气，小心地脱下袜子，发现自己左脚的小脚指甲已经没有了，在这几个小时持续的奔跑中，被磨掉了，而他竟然一直没有察觉。

经常跑长跑的人都知道，跑步的时候，人会变得对疼痛没有那么敏感，因为此时大脑的注意力都在呼吸和脚下的路上，身体由于经历了持续的痛苦，反而对外伤的疼痛变得有些麻木了。

此时，看到这幅景象，他才感到一阵阵的疼痛向他袭来。旁边的赛事医护人员赶忙过来帮他处理伤口，消毒、包扎。再更换了一双鞋子，他一瘸一拐地又跑了起来。脚不是不疼了，而是暂时性地又保持了一种麻木的状态。身体逐渐在奔跑中适应了这种持续的痛苦。

对于超马的选手来说，疼痛是不可避免的，任何极限运动都要经历身体上的痛苦，承受这种痛苦，正是这项运动的一部分。何况现在，他身上还有更重要的使命，他绝不可能放弃。

他的跑友会的伙伴还在陪着他，小张也不放心地陪着他跑了几圈。这个跟他差不多大的小伙子，平时也喜欢跑步，他们通过跑步认识，他负责许秀涛这次的疲劳恢复，包括给他做拉伸，以及营养补给。为了给他打气，他会不时地陪许秀涛跑上一段。

已经过了凌晨，将近午夜两点，疲劳和困倦包裹着他。人体的生物钟，从夜里 12 点到凌晨 5 点，是身体各个器官休息和代谢的时间，在这个时间跑步，是不利于身体健康的，他感到此时自己的身体正在用各种方式向他抗议。他好想睡一觉，但他不能停，他只好边跑边睡。他的意识开始进入一种半清醒的状态，仿佛自己的身体和双腿在梦境中游走一般，绕着公园的路灯一圈圈地转着。

以前曾经听人说过，人在极度困倦的时候，会在走路的时候睡着，他没想到自己此时是跑着睡觉。但他确实在睡，人体的自我调节机制有时很奇妙，甚至超出一些医学可以解释的范畴，他只感到自己昏昏沉沉地睡着、跑着，慢慢地，不知道是梦境还是幻觉。

眼前开始出现一丝丝水雾，在午夜的空气中飘洒着，水滴落在他的身上，由小变大，午夜的西安开始下起雨来，雨水浇打在他疲惫麻木的身上，他竟慢慢地清醒了一些。地面变得湿滑起来，气温也开始下降，他调整了一下节奏和呼吸，双脚本能地去适应新的路面状况。

有时候，在长时间的机械化运作下，人体需要去主动地改变和调整，才能继续坚持下去。

当雨终于停下来的时候，他休息了两分钟，换了一身衣服和鞋袜，重新处理了一下脚上的伤口。虽然事先涂抹了凡士林，但长时间的摩擦还是使他的腋下和大腿出现了一些红肿，康复师找了一些活血化瘀的药贴，帮他敷好，又帮他拉伸了一下已经僵硬的大腿和小腿。天色开始渐渐变亮，新的一天的太阳又重新升起来了。

公园里的人又渐渐多了起来，来了一批新的跑友和媒体，人群中有个小男孩举着写着他名字的号牌，站在他的身边，对着跟拍的镜头说："许秀涛哥哥，加油！"他感到自己慢慢恢复了一些力量，离24小时结束，还有6个小时，他起身，继续奔跑。

今天在他身边陪跑的人一下子多了起来，有很多他不认识的市民自发地来到他的身边，甚至还出现了几个外国面孔。一个个子很高、一头金发的30多岁的男人一直跑在他的身边。

他体力很好，许秀涛可以从他的呼吸中判断出这是一个经常跑步的人。他的中文讲得很好，他告诉许秀涛，自己在西安工作，经常来这里跑步。他问许秀涛："这么长的距离，为什么要一个人跑24小时？"许秀涛告诉他，这是为了给贫困儿童捐一个田径场："我坚持得久一点，山里的孩子离田径场就近一些。"而且，这只是第一个城市，到年底之前，他还要跑其他 10 个城市。虽然这些话，他已经重复回答了无数遍，但面对这个和蔼的美国人，他还是耐心地解释了一遍。

这位金色头发的男子非常友善，不时帮他递上水，或者降温的毛巾。他们一起跑了一个马拉松的距离，离开前，他拍了拍许秀涛的肩膀，对他说："你很棒，加油！"许秀涛对他笑了笑，虽然他并不认识这个美国人，但这一路的陪伴让他觉得非常温暖。

就像在之前无数次跑在他身旁的人一样，他们并不认识，甚至不知道对方的姓名，但在这个世界上，有那么一段路，大家向着同一目标、同一方向，体会同样的艰辛，默默相伴左右，即便无言，那份情感也会随着奔跑的脚步有了某种默契和理解。

就像我们的人生，你总会在某一段路上碰到与你同行的人，虽然并不会一直相伴到终点，过了这段路，你依然要自己去孤独地面对前方，但是这一段，这共同经历的时间会永远留在你们的记忆里。

下午 3 点，在陪跑的跑友的欢呼声中，许秀涛冲过了终点，在过去的 24 小时里，他累计跑了 162 公里。

然而，这只是他的第一站，他还要再重复 10 次这样的 24 小时。

10 场 24 小时的奔跑

接下来的 10 个城市，他的身心经历了巨大的考验，7 个月的时间里，由北到南，他跑过了四季，也跑过了死神。

那 10 个城市，有 9 个在他跑步的时候都下了雨，他被团队和媒体朋友称为"雨神"。

他从零下 10 度的北京，跑到零上 20 度的广州。经历巨大的温差和环境变化成了他的身体习惯。

在南京，不断重复的赛道有一段持续的爬坡，他在 24 小时之内累计爬升了 6000 米。

在上海，他跑到一半的时候，突然发起 38 度的高烧，他又持续奔跑了 10 个小时。

在成都，他在高温和疲劳下出现意识模糊，被医生强制休息了 5 分钟后又继续跑完。

在长沙，极度疲惫的午夜，他在补给的时候，出现意识障碍，突然发脾气、掀桌子、胡言乱语。他的补给团队不得不按住他，防止他伤害自己。

有时，他会短暂地失去记忆，不知道自己身处何地，为何要跑。有时，他的肠胃会出现紊乱，呕吐不止。很多时候，他的肌肉僵硬如石，连站立都很困难。他身上磨破的皮肤已经留下疤痕，他的体重下降了 30 斤。最危险的时候，他通知自己的父母，做好最坏的打算。

在这 7 个月里，为了锻炼自己适应艰苦环境的能力，他很多次放弃了团队给他安排的舒适酒店，改为入住学校的宿舍。在那里，他感到自己还是那个在体校训练的学生，在为了奔跑不断努力着。他要保持好跑步的状态，安逸的环境会让他失去动力和意志力。

在经历了 11 个不眠不休的 24 个小时后，2017 年 12 月 31 日，在结束了广州站之后，他终于完成了自己的又一个挑战。

人在极度疲惫之下奔跑的时候，会觉得时间过得特别慢，这段奔跑的记忆，在他心中是整整 8640000 秒。累计奔跑了 1800 公里，这 1800 公里，他带动了数十万人跟他一起奔跑，累计为贫困山区儿童、黑龙江残疾人基金会，募集善款 300 万元。

在最后一站广州站之前，他在温州做了一次"残健共融庆元旦轮椅马拉松"，上百位"轮椅跑者"跟他一起奔跑，他们推着轮椅超越他，喊着"我跑赢世界冠军了！"

那一刻，他在他们脸上看到那种久违的快乐，他感到心中是那么舒畅，仿佛看到姐姐跟他一起在山中奔跑。

他觉得这一切都是那么值得！

用奔跑去帮助更多的人，他终于实现了自己的愿望。

＊＊跑步小贴士＊＊

极限奔跑，是一项高风险运动。除了本身的能力之外，更重要的是借助于外力保障。

第一，营养保障。要保障碳水化合物、盐分、水分、电解质等的补给。

第二，康复保障。在极限运动过程中，肌肉极其容易出现运动损伤。肌肉出现问题的征兆是僵硬和酸痛，如果不进行放松和理疗，很容易转化为疼痛。

所以，极限奔跑必须有专业的保障团队做支撑，一般情况下不建议轻易尝试。

第十七章　永不止步

上帝让我不要专注于自己缺什么，而是专注于自己有什么。不要试图去寻找停步的理由，而是去发现身边的奇迹。

——杰森·莱斯特（美国第一位完成超级铁人世界锦标赛的残疾人运动员）

许秀涛第一次见到岩峥，是 2017 年的春天，在北京奥林匹克森林公园的跑道上。

紧邻奥运主场馆鸟巢的这片公园，有着非常完善的塑胶跑道和茂密的植被，是京城难得的天然氧吧，也是北京著名的跑步圣地。为了备战 11 个城市 24 小时的挑战，他经常来这里练跑。

一天清晨，跑道上的一个身影吸引了他。这是个跟他差不多高、身材瘦削的年轻人，在他前面奔跑着。他的动作跟一般人不太一样，身体看上去略微有些不太协调，弯腰的幅度要更大一些，手臂也不太会摆动，旁边有一个中等身材的中年男子一直陪在他身边。

许秀涛超过了他们，跑了一个 21 公里后，他在迎面的跑道上又看到了这个小伙子。已经一个多小时过去了，这个看上去跟他差不多大的年轻人还在跑，虽然速度不快，但依然在跑，而且可以看出，是那种努力的跑。他的额头上已经渗出了汗珠，显得微微有些吃力，脸上却洋溢着一种兴奋和喜悦。他看到许秀涛后停了下来，朝他笑了，他的笑很有特点，是那种纯真的、毫不掩饰的孩子般的快乐。

许秀涛也停了下来，走上前去朝他竖起大拇指，"跑得很好啊"。

看得出他有些兴奋，拉着旁边的中年人，努力地说着什么。

"你好"，旁边的中年人朝许秀涛伸出手，握了一下。"你是那位跑五环的许秀涛吧。"

"哦，你们好。"许秀涛有点意外，没想到已经过去了大半年，在这里还会被人认出来。

"这是我儿子李岩峥，他在新闻里看到过你的事，他很喜欢你。"

就这样，他认识了这对父子。岩峥的年纪跟他一样大，有先天性脑损伤，他出生的时候，医生曾经对他的父亲说："孩子有很大可能会终身生活不能自理。"岩峥的父母为了照顾好他，没有再要孩子。几年前，他在父亲的鼓励下开始参加户外运动。一开始是徒步，他在前一年用 6 个小时完成了戈壁沙漠 30 公里的行走。

之后，他开始练习跑步，他的梦想是能够完成一场马拉松，最近几年，父亲带着他参加了很多场比赛，但都因为各种原因，没有完成比赛。

岩峥很兴奋，他拉着许秀涛，想让他教自己跑步。他很崇拜这个"前辈"，觉得跟着他一起练习，一定可以实现自己的梦想。许秀涛也很兴奋，他很喜欢这个有着纯真笑容的大男孩，感觉就像自己的弟弟一样。岩峥拉着他不撒手，问这问那。他父亲在一旁微笑地看着他们。

从此，他成了岩峥的跑步教练。他为岩峥制订了详细的训练计划，从跑步的呼吸方式开始，到正确的跑步姿势、合理的配速技巧，以及跑步后的拉伸。每个星期，他都会叫上岩峥，带着他跑上一段。

9月，岩峥参加了北马，以5小时38分的成绩完赛。这是他第三次参加全马的比赛，前两次都没有完成比赛。这一次，在许秀涛的指导下，经过半年的训练，他的体能和跑步技巧都得到了非常大的提升，他终于成功了。

接下来，他又参加了杭州马拉松和无锡马拉松，也都顺利完赛。他还在父亲的陪伴下参加了迪拜马拉松，甚至跑到戈壁去做志愿者。

通过不断运动，他的肢体协调性有了非常大的改善，他不仅做到了生活自理，还会做家务，为家人做好吃的红烧肉，他有了更多的爱好，音乐、养花、品茶……他找到了工作，在一家电梯公司做后勤。

这个曾经被医生认为可能会终身生活不能自理的孩子，现在每一年都会给自己制订参加各种马拉松比赛的计划。他在跑步中结识了更多的朋友，他们在他参加比赛的时候全程陪伴着他。

许秀涛看着岩峥一点一滴的进步和变化，他感到无比欣慰和满足。

有人说，人类跑步的行为类似一种修行，在奔跑的时候，大脑处于半清醒状态，长时间的奔跑会使人的精神意识停留在一种类似冥想的情境之中，你会思考，会感悟，会超脱。经历了努力、超越、失败、坚持，在奔跑的过程中，人类不断挑战自己的极限，超越它，坚持下去，再继续挑战。在这一次次的磨砺下，你会重新审视自己的人生。

从 2015 到 2016 年，许秀涛已经拿到了 20 个冠军，包括北京 TNF100 公里越野赛，韩国亚洲越野大师赛，香港 UT100 公里越野赛……

他跑过高山，跑过湖泊，跑过森林大海，跑过冰天雪地的极寒，也跑过烈日暴晒的酷暑，他奔跑着看到最大的太阳从地平线升起，也看到过最美的日落，他从青藏高原，跑向美洲、大洋洲。

他一直在思索的那个问题，跑步到底是为了什么？现在，他终于有了答案，他不想再一个人奔跑下去，他要带动更多的人，他要为了帮助他人、为实现他们的价值而跑。他已经超越了为自己奔跑的阶段，他将去实现更大的更多人的价值。

那个公益梦想，募集一个百万级别的田径场和帮助残疾朋友的康复基金，只是他的第一步。今后，他还将会做更多的事情。

从岩峥身上，他得到了新的动力和希望。

他成立了"助残跑步训练营"，并开始组织一系列残疾人马拉松的赛事。

每个星期的周末，助残训练营的活动中，有越来越多像岩峥一样的人，加入进来。更多的社会各界的志愿者也来陪伴他们一起奔跑。

无数个岩峥激励着他，他也在激励着无数个岩峥。

他的跑步有了新的意义。

第十八章　登上纽约时代广场

当你在大地上奔跑，并与大地融为一体的时候，你便可以无穷无尽地跑下去。

——塔拉乌马拉人名言《天生就会跑》

2017 年 5 月 25 日，美国纽约时代广场，有着世界十字路口之称的巨型 LED 屏幕上，出现了许秀涛的身影，他一个人奔跑 11 个城市的 24 小时的故事，被美国媒体誉为"中国阿甘"，通过美国媒体的报道，传遍了世界。

促成这件事的，正是那位在西安陪着他跑了一个马拉松的金发美国人，他是一名常驻中国的记者，大明宫遗址公园是他在西安经常跑步的地方，那个周日他正好去跑步，碰到了许秀涛的 24 小时西安挑战，他陪着他，见证了这个故事，深受感动，并把他搬上了时代广场。

"阿甘"是著名的美国影片《阿甘正传》的主人公，影片于1994年上映，并在1995年获得了奥斯卡最佳影片、最佳男主角、最佳导演等6项大奖。

　　影片讲述了一个先天有些智力障碍的少年，在时代的变迁中，经历的各种机缘巧合。他本不聪明，却意外拥有了荣誉、财富、名气和众人的追随，而他身边那些聪明人，却迷失在这个世界里。

　　他少年时受人欺负，他的朋友珍妮鼓励他向前跑，他甩掉禁锢双腿的夹板，奋力奔跑，从此拥有了奔跑的能力。他的奔跑能力让他进入橄榄球队，得到当时的美国总统肯尼迪的接见。他在战场上抱着他受伤的战友，奋力奔跑，救了战友的命。那人后来帮助他做成了全美最大的捕虾公司。奔跑伴随着他人生的重要时刻和转折。

　　影片中令人印象最深刻的镜头，就是阿甘在自己心爱的人珍妮再一次离他而去之后，像个修行者一样，奔跑着横穿美国，不眠不休，衣衫褴褛，留着长长的头发和胡须，沿途却得到众人的追随，在那个迷茫的"冷战"年代，人们认为他有某种信仰，所以把他也当成了信仰，而他却在某一天突然停止了奔跑，回归了平凡人的普通生活。

　　阿甘从未刻意追寻过，无论身处何种处境，何时何地，他只是保持着他纯朴善良的本性，从未改变。他用一种简单的执着，和一份单纯的勇敢，去对待他的人生。他失去了一切，也拥有了一切。

这个美国记者，之所以称许秀涛为"中国阿甘"，正是在他身上，看到了这份纯朴善良和执着勇敢，才出于欣赏和尊敬，做出这样的举动。

有些东西，无论肤色和国籍是什么，永远是相通的。

接着，国内的众多媒体也报道了他一个人挑战 11 个城市 24 小时奔跑的故事，包括 CCTV5 体育频道、很多地方电视台、体育专刊及一些网络媒体。

很多跑者是出于热爱、获得自我提升和快乐而跑，有些跑者会把跑步当成修行和生活信仰，专业的跑者会参加各种巡回比赛，不断刷新 PB[①]，拿到好的名次，获取社会资源。

许秀涛跟他们都不一样，他的童年经历非常艰苦，跑步是他唯一能做好的事情，也是他唯一的希望，他执着在这条路上，他希望通过跑步去改善自己的生活，改变他自己的命运。

很幸运的是，他做到了，他成了一个优秀的跑者，他摆脱了经济上的困难，也通向了一个更开阔的世界。在这条路上，他得到了很多人的帮助，他深深地感激他们。

----

①PB，是 Personal Best 的缩略，指个人最好成绩。

在他的内心深处，他更希望自己能为这个世界做更多有意义的事情，他希望更多像他一样生活在贫困山区的孩子，能够拥有运动的快乐，能够有更好的田径场地，不再像他小时候一样，经常会被坑洼的山路弄伤脚。希望更多像他姐姐一样的残障人士，也能够享受运动的快乐，获得康复。

如果没有父亲用镰刀开的那条路，他可能无法坚持上学，更不可能激发他对跑步的热情。父亲一直是他的精神支柱。他从未走出过那片山，但他用敦厚的胸怀撑起许秀涛的梦想，在他失意的时候永远鼓励他向前。

他经济最困难的时候，是他的老师们给他无私的资助，为他凑学费、生活费。不久之前，他与跑友们一起，给他从前的小学送去了书和衣物，还有赞助商捐赠的运动用品，那些孩子们是那么高兴。

他的行动改变了家乡人的观念，他们不再认为那些与读书无关的爱好是不务正业，更多的人开始支持那些热爱专长的孩子们。

在跑步这条路上，很多人鼓舞着他。他们是他的益友，更是良师。
跑步，是他这段人生的旅程。
谁也无法预测下一段旅程，正如你我的人生。
人们常说："马拉松的起点是 32 公里。"
也许，此时此刻，才是他真正的起点。

后记一　究竟为什么而跑

蒋洁

开始做一件事的原因可以有很多，但最终让我们坚持下来的，只有一个。

人类为什么而奔跑？

在漫长的进化过程中，人类靠奔跑狩猎，获取食物；靠奔跑进行迁徙；靠奔跑计算日出日落的时间。当进化完成，在社会文明、科技文明高度发达的今天，我们究竟为什么要奔跑？

当然，奔跑的好处显而易见，减肥、提升心肺功能、预防疾病、强健身体……

但是，为健康而跑，只需每天 3 到 5 公里足矣，为什么我们还要跑马拉松、跑越野，甚至跑 100 公里或更多？

因为，跑步使我们和内心产生某种连接，这种感受，是生命中其他事物无法替代的！

享受过程，为了快乐奔跑

没有哪一项比赛像跑步一样，可以让成百上千甚至数万人，不分年龄、性别、种族、职业，站在同一个起跑线上，在同一个赛场，向着同一个终点努力。它是如此平等、简单、纯粹。

也没有哪一项运动，可以像跑步一样，在群体的狂欢中，体验如此的孤独。

因为，无论有多少人陪你一起跑，你都要独自一人去完成自己的这段路。无论是 42 公里、100 公里，还是翻山越岭的越野跑。属于你的这段路，经历的快乐、痛苦、挑战、意外、极限、超越，这些感受只有你自己去体会，没有人可以替你分担或帮助你。

奔跑的时候，你跟自己的身体对话，跟自己的内心对话，你会重新认识自己，发现自己，超越自己，证明自己。当你到达终点的时候，你会觉得一切都是值得的。

没有哪一项运动，这样接近自己的内心。当你感到自己再也跑不动的时候，那种疲劳痛苦围绕着你，你会觉得自己如此渺小；当你战胜疲惫，坚持下去，感受肺和血液再一次重新充满力量，你又会感到自己是如此强大。

跑步的时候，你不会感到容易。长跑永远都会经历痛苦的阶段，并且每一次都无法幸免。它不会因为你经过训练就可以避免，训练只会提升你的耐受能力，提升你的肌肉强度，使你避免受到运动损伤，但是不会降低你的痛苦。身体的痛苦是长跑运动中永远无法避免的。

它的妙处在于你如何看待它，这是超越身体的心理和意志的考验。在一次次艰苦、绝望面前，战胜它，超越它，感受自己内心的力量，感受身体与心灵的冲突与融合，感受历尽磨难后到达终点的快感，才是这项运动的迷人之处。

孤独而迷人的小众运动——长跑

没有哪一项运动，像长跑一样更让人去享受过程。

在全世界范围内，日本是长跑职业化水平最高的国家，这里有特殊的驿传文化。驿传是长跑接力比赛，以团队为单位，每个成员跑 20 公里以上的距离，共同完成数百公里的超级马拉松。

在日本，驿传的热度远远高于马拉松。每年都会有大型的驿传赛事直播，收视率和热度堪比超级碗（美国职业橄榄球大联盟的年度冠军赛）在美国的地位。大批企业会赞助自己的专业队，职业的长跑选手在日本都有非常可观的经济收入。

与肯尼亚和埃塞俄比亚跑者的单打独斗、四处拿奖不同，日本的跑步文化更推崇的是团队合作和个人在集体中的使命感。驿传更多的是一种民族文化，也因此，他们的竞争相对封闭。

而在世界上大多数地方，长跑更多的是个人爱好。跑者往往要依赖其他职业的收入，来支撑这项他们热爱的运动。与球类运动的职业联赛和顶尖的田径赛事不同，它没有高额的酬劳和令人眼花缭乱的商业运作，也没有山呼海啸般的关注度和收视率。

哪怕是最顶级的跑者，也不会获得像高尔夫或篮球、足球运动员那样高额的经济收益，过上奢侈的物质生活，即便他们付出的努力并不亚于这些项目的运动员。

相反，跑者们往往要自己投入大量的参赛费用。长途跋涉，一路艰辛，没有任何实质性的奖励，跑完后，还要自我恢复和补给营养。顶级跑者的黄金时期也只有 3 到 5 年，且长跑对身体的消耗极大，你很少看到哪位大神会持续 10 年维持顶峰。

长跑是运动中的小众品类，它更像是一种进阶游戏，从最初的 5 公里、10 公里到半马、全马、越野跑、超马，每个人通过一定的训练都可以达到自己的高度，没有门槛，全凭兴趣。

参加这个游戏的人需要不断投入，包括时间、精力、装备、金钱，来获取自我成就。这是一种健康的娱乐，它会带给你生命的活力，体验自我的升华，和历经磨难后灵魂的释放。

跑步是自己跟自己的竞赛，交纳不菲的报名费，没有奖金，没有鲜花和掌声，忍受艰苦的自然环境，忍受身体的痛苦，忍受独自一人奔跑的孤独。

但是，为何在你冲向终点的那一刻，在你拿到完赛奖牌的那一刻，哪怕周围无人喝彩，你内心却依然充盈着幸福和满足？那是因为，这是你自己的比赛，它是独一无二、只属于你的。只有你自己知道，自己经历了什么，又得到了什么。你是自己的英雄！

长跑中的艺术——越野跑

如果说长距离的路跑是人类的极限挑战，那么越野跑就是这项极限中的艺术品。每一位参与其中的跑者都是艺术家。

无论是穿梭植被覆盖的森林小径、形状各异的沙砾岩石，还是攀爬层叠起伏的山峦，环绕大海湖泊，踏遍高山草甸，只要在规定的路线上，你就可以用各种方式去跑。

经过水面的时候，你可以选择在水中溯溪，也可以从旁边的礁石上攀爬过去；上坡的时候，你可以选择小步快跑，也可以选择大步流星地跨越。

每一块石头，每一条小径，每一个突出的树根，都在见证每个人独特的跑法。

你选择下坡的路线，踩过岩石的方式，在山径上转弯的角度和速度，手臂平衡身体的姿式，都是你独一无二的设计。这大地的纹理，与你的脚步融为一体，你用自己的脚步去与它交流。你是这大自然的一部分。

这是与城市路跑截然不同的体验，更是一项令人兴奋的运动。如果你看过世界顶级越野跑大神奔跑的样子，看到这些大神在群山峻岭中穿梭，在冰川雪地上奔跑，黎明或暮色之中，那壮美的景色与奔跑中健美的身姿相互交融，你一定会被深深吸引。

越野跑最初起源于欧美。美国的自然风光，山势相对平缓，越野大多是在国家公园的规定赛道上，与路跑结合，对自然环境的保护也更为严格。相比欧洲上万人参赛的规模，美国越野比赛每场参赛人数大多控制在几百人以内。

但其中也不乏对恶劣的自然环境与极端气候的挑战，比如 40 度高温下加州死亡谷的 135 英里[①]恶水超级马拉松，以及平均近 4000 米的高

---

①1英里约为1.6千米。

海拔下，累计攀升超过 10000 米的科罗拉多的硬石 100 英里耐力赛等。

硬石赛被称为最危险和艰难的超马比赛，无数超马好手都曾在这里弃赛，其中就包括连续五年蝉联西部 100 英里赛冠军的美国超马名将斯科特·尤雷克，他曾说，"这里的石头比雪更可怕，爬坡比剥皮还痛苦"。

欧洲的越野跑相对于美国，更侧重高度和爬升，难度系数也更大。起伏多变的山川和丘陵让这里的线路更接近自然，尤其是环绕着阿尔卑斯山脉的路线，那里地势陡峭、冰川密集、气候多变，山峦、湖泊、草甸连绵起伏，这美妙迷人的自然景致促成了这项户外运动的发展。欧洲人自由浪漫的天性得益于此，这也是为什么顶级的越野跑者多源于欧洲。

全球越野跑顶级赛事——UTMB 环勃朗峰 100 英里越野赛就发源于这里。这场横跨法国、意大利、瑞士三国的比赛拥有 16 年的历史，每年都会吸引全球 80 多个国家，近万名越野爱好者来这里朝圣。比赛就像一场盛大的狂欢和节日，奖牌则是阿尔卑斯山上的一小块天然岩石，每个人的都不一样。

如果你曾经亲身经历这个赛事，感受过当地人对于这场赛事的热情，就会发现这场越野赛对于举办地——法国小镇霞慕尼的居民来说，不亚于橄榄球在美国人心目中的地位，或是足球对于巴西人的意义。是的，一项体育运动可以成为民众的精神信仰。

中国的跑步运动正处于蓬勃发展的阶段，越来越多的人开始享受跑步的乐趣，赛事的品类也日渐完善。除了马拉松路跑外，根植于山川地貌的越野赛也越来越多。

我个人更乐于看到充分发挥人类天性的越野赛事能够日益完善，国内的自然环境有非常多值得挖掘的赛道。希望不久的将来，也会有堪比 UTMB 这样的顶级赛事。

遵从身体的感觉，怀有敬畏之心

跑步时，你会发现时间过得特别慢，尤其是在身体的疲劳感堆积到一定程度后，一分钟仿佛过了一个世纪，相比之下，平时的一分钟总在眨眼之间就会飞逝。

身体用这种方式在跟我们交流，告诉我们它当下的感受，它需要你的关注。任何运动都有损伤的风险，但长距离的跑步，最大的风险在于心脏负荷过重、肺水肿，或大量出汗导致的低血钠症、意识模糊等。这些都可能会导致猝死。

长距离的奔跑不是一蹴而就的事情，必须经过科学的训练，以及循序渐进的过程。跑步也不是自虐，自我挑战和自虐的区别在于，前者会越变越好，后者会越来越差。

没有人可以一上来就跑全程马拉松，那些从未经过训练就报名参赛的人，是非常无知和愚蠢的。这么做，既是对自己的不负责任，也是对这项运动的不尊重。

越是身经百战的高手，越有可能在某项极限比赛中退赛。那是因为他们不会一味地蛮干，他们对跑步有敬畏之心。

一个优秀的跑者，首先是一个热爱生命、有敬畏之心的人。跑步时，与身体对话，倾听它的反馈，了解它的需求、它的极限，尊重它。此时你的意志和你的身体仿佛是两个自我，必要时，我们需要用意志去推动身体，但绝不能无视他。

挑战极限并不是用生命去开玩笑，而是用意志力去调动身体最大的潜能，意志和身体是一个团队，必须协同前进，才能成功。意志固然重要，但如果无视身体的反应一味蛮干，那就是对生命的不负责任，代价就是死亡。

所以，只有充分了解身体的反应，知道什么时候可以继续前进，什么时候必须喊停，才是一名真正的跑者。

不要去在意输赢，不要过度追求 PB 或距离

我们时常看到有人发朋友圈，跑了多少公里，或者是又刷新了什么样的速度。跑步打卡变成了一种形式和攀比，仿佛跑得越多越好，越快越好。配速、公里数成为很多人炫耀自己的一种手段。

跑步其实是一项非常私人的运动，每个人的身体指标和生理反应都不一样，很难用一个统一的标准去衡量。即便是根据性别和年龄进行分组确定的标准，也有非常大的片面性。

每个人的耐受能力、最大摄氧量、运动基础、心肺功能都不同。有人跑 10 公里心率还非常平缓，有人跑 5 公里，心率就会达到自身最大心率的 90%。可能你跑一个马拉松并没有什么感觉，但有人跑上 10 公里，就达到了身体的极限。跑完 10 公里的人经历的身体和意志的考验，也并不一定就比完成马拉松的人要弱。

跑步是一项娱乐身心的锻炼方式，而不是一个专业的竞技项目。如果你把一件事情看得太过功利，那便失去了它本身的价值和意义。如果你并不想把跑步作为职业，或成为一名专业的长跑运动员，那么跑步就不该是别人眼中的公里数和速度，而应是你陶冶身心的一种方式，就像音乐、绘画和诗歌一样，每个人都可以用自己的方式去阐释它。

如果说运动是人类的第八大艺术，那么跑步就是这项艺术中的艺术。当你感受到自己的节奏、呼吸、心跳的力量，感受血液流淌全身的畅快，感受风吹过面庞、蓝天和大地与你融于一体的时候，这种感觉，是属于你一个人独一无二的世界，再没有别人的感知和体验会与你相同。

所以，享受这个过程，享受它带给你的这份美妙的体验吧，它远比数字和成绩更重要。

跑步时，我在想什么

作为一个普通的跑者，我爱上跑步纯属偶然。

我曾经因为生活中的一些挫折，一度抑郁，我把运动当成生活的解药。跑步让我意识到，没有哪种运动像它一样，更能接近自己的内心，它让你更平静地审视自己，克服内心的恐惧，给你力量和勇气。

从跑 3 公里就气喘吁吁，到 10 公里，半马，越野跑。

从长年久坐不动，每到冬天就会感冒发烧，到每周 5 天健身房，月跑量 100 公里以上，持续 3 年没有得过感冒。

运动让我重新认识了自己，从一个全新的角度去看待这个世界，带给我从未有过的自由和快乐。

我会因为仅仅想要体验在热带雨林中的溯溪越野，一个人从北京飞到海南参加 12 公里的挑战赛，又在比赛后的当晚坐飞机返程；我会在零下 15 度的北京，参加山地越野；我会挑战以前从来不敢想的马拉松。

跑步的时候，我什么都不会想，只会跟身体对话："还可以吗，能不能坚持？"身体会告诉我，"慢一点，大口呼吸"或是"还可以，再坚持一下"，它从未有哪次，很烦地告诉我"不行，算了吧"。每一次，身体都不曾让我失望。我也从未给过它超过负荷的压力。

和每一名跑者一样，我也极度仰慕那些跑 100 英里以上的越野大神，渴望自己可以像他们那样奔跑，但我清楚地知道自己身体的极限。找到自己的度，并遵循它，这非常重要。

与所有发展中的事物一样，国内的跑步赛事也越来越多，从每年几十场到数百场，甚至更多，组织水平也参差不齐。

我曾在比赛中看到温暖的片断，海南溯溪越野挑战赛中，每一个危险的路段，都有一身红衣的救援队员，他们都是当地经验丰富的越野高手，在这里守护每一名参赛的大众跑者。还有那些深夜守候在岔路口，为选手指路的志愿者，那些为了维护自然环境不被破坏，自愿捡拾垃圾的参赛者，和赛道上的跑者一样令人尊敬。

我也曾经历不好的画面，混乱的领物和补给场面，令人恐惧的移动厕所，赛道中各种遗弃的垃圾，模糊不清的路标。

户外运动是大自然赐予人类的礼物，我们如何对待自然，自然就会如何反馈给我们。

所以，珍爱自然环境，维护好它本来的样子，是每一名跑者都应该有的基本素质。

我也希望，国内的赛事组织者，更多地关注自然环境和参赛体验，让每一个爱跑步的人，都能充分地享受比赛。

后记二　能量之跑

许秀涛

在 5 年前，我当时最大的梦想就是一直夺冠，一直到 3 年前，拿了 50 个冠军之后，我改变了我的梦想。这并不是我想要的结果，我的梦想是帮助他人实现梦想。

我曾经在当地政府的邀请下去了札什伦布寺，和非常多的冠军一起，去参加推广活动。来到札什伦布寺，我们见到了佛教上师班禅。同行们都找上师合影，我只问了他一个问题："尊敬的上师，请问偌大的寺院，僧人过万，如何看出他们的修为？"班禅沉默了一会对我说："您去禅堂看一下就是了。"

我听后转身去了寺院禅堂，刚开始禅堂空落落的没有一个人，地上的黄色圆垫整齐划一。一会儿，僧人们排着队走进禅堂进行早课，队伍进了十分钟才把禅堂坐满，大家依次而坐，谁先坐下谁就开始了一周的早课。

大家手里滚动着佛珠，摇着经幢，嘴里念着经文。就这样，半天过去了，禅堂里走出来一批僧人，有的年近花甲，有的只是毛头僧童，我站在门前继续等。又过了半天，陆陆续续又有僧人出门。一直到凌晨两点钟，我十分困倦，就依靠在门前睡去了。凌晨 4 点钟，我被惊醒，似乎没有完成一件重要使命一样继续观望，这时候禅房里还剩下半数僧人，但这是没有仪式性的法会，还有陆陆续续向外走的僧人。

我继续在门外蹲了 40 分钟，禅房里还剩 3 名僧人，我看到这里变得十分紧张，就问了旁边扫地的僧人："屋里师父为何人？不吃不喝到现在还不走？"僧人回答："施主，最左边的是寺院住持，中间的是法王，最右边的是转世活佛，他们是西藏前十位修为最高的人。"我恍然大悟，于是知道了，谁是那个真正修为最高的人。

后来我奔跑了一个人的五环（刷完北京五个环），跑步回家乡（北京到济南），一个人的 10 城 24 小时极限公益挑战又一城，再到发起残疾人大众体育运动。我虽然当时树立起成就别人的梦想、募捐田径场和善款，甚至轮椅的旗帜，但是我觉得我做的还很微不足道，没有使更多需要帮助的人，得到他们期待的东西。

当外界大众都议论我是疯子的时候，当我穿着血淋淋的跑鞋蜷缩在路旁时，当我夜晚还在独自坚持在漆黑的路上时，我的感觉是痛苦，是无望。我当时内心充满了疑问：我为什么要跑？我到底能不能跑下去？我奔跑的意义是什么？

带着一系列的问题，我想到了父亲那饱经沧桑的脸，我想到了贫困山区的孩子那渴望的眼神，我想到了残疾朋友们想要走出家门的愿望，我想到了患有癌症的朋友临走时紧紧握住爱人的手，我想到了我为什么而活着……想到这些画面，我感觉身体上的疼痛越来越轻，脚趾也不再流血了，变得麻木起来，夜晚我也不再困倦，甚至跑着就可以睡着，而且脚下更轻了。这次奔跑让我瘦了10斤，我战胜了自己。

这就是我一直要寻找的答案，超极限的奔跑本身就是一场动态的修行，我悟到了人生的真理，发现了能者信仰。能者就是有能量的人，追求自己目标而成就别人的人。

我发现了针对人、事、物的一些真理。人的潜能是无限的，人要树立以自己为核心的精神信仰，人的精神也是无限的，不依托于他人，不依托于外界，而是依托于自己本身，只有自己才是那个最伟大的"神"。

有人说："我坚持不了，我天生就没有意志力。"
还有人说："我不喜欢，我不感兴趣。"
更有人说："不要让我做，我做不到……"
极限奔跑，让我的脚磨得血肉模糊，但是，我还可以奔跑，而且越跑越不疼痛。

人体是聪明的，从医学上讲，你感受到过多的痛苦时，就会刺激大脑分泌内啡肽，当你越痛苦时，这种物质就会分泌越多，一直到把你的痛苦掩盖起来，然后你就麻木了。

以前上学时，我根本跑不了步，也实在是难以忍受长途跋涉的煎熬，但是今天我战胜了自己，超越了痛苦。所以说人天生是没有意志力的，但当你树立自己的目标时，你就要行动，在行动的路上你必定会遇到困难，遇到挫折，当你遇到了挫折的时候，你身心的潜能就会被激发出来，你行动的时间越长，你的意志力就会变得越来越强大。

当你的意志力越来越强大的时候，你就越来越有自信和勇气，就越容易坚持下去，获得成功。兴趣也是如是，两个陌生人走在大街上如果不接触就永远都是陌生人，两个人见面了就互相了解，再发展就成为朋友，再接触可能就成了知己。所以通过行动可以对任何事物产生兴致。

如何得到你渴望的呢？树立你的目标。

我把渴望、意志力、勇气、信心等统称为能量。当你的能量被激发出来，并且按照意志行动下去时，你就获得了能者信仰。

做事情也一样。

做事，首先要树立正能量的目标，正能量的目标就是有信仰的目标，肉体和精神配合行动。

做事要利他，利他的事往往都错不了。物，有形的、无形的，可以是人生产的任何东西。物也是信仰的载体，物要发挥它的本质。如果发挥不出物体的本质，更失去了原本的信仰，就不是好物。

通过个人行动实现目标，促成社会发展，促进文明进步，人类的生活就有了新的高度和希望。

人民有了信仰，国家就有力量，民族就有希望！

2018 年我创立了阿甘体育，组织体育培训和赛事，服务为先，并把"能者文化"注入赛事中。2019 年我创立了阿甘优品，为运动人群提供更好的健康产品。我希望可以为运动人群注入新的能量，鼓励更多人走出来。我想在 2022 冬奥会开幕时，从北京鸟巢一路奔跑到崇礼冬奥会主会场，弘扬中国精神，传递奥运梦想。我还想顺着丝绸之路，一路奔跑到欧洲，在享受运动魅力和积极历练的同时，传递能者的精神信仰。

许秀涛部分赛事记录

2015 年

杭州 50 公里国际越野赛冠军

东极马拉松冠军

北京半程马拉松冠军

崇礼 50 公里越野赛冠军

北京 TNF 亚太国际越野赛季军

杭州天目七尖 55 公里越野赛冠军

北京西山山地马拉松冠军

北京山地马拉松冠军

日本富士山 100 公里超级马拉松冠军

连云港花果山 50 公里越野赛冠军

2016 年

北京京津冀半程山地马拉松冠军

北京舞彩浅山半程山地马拉松冠军

北京香山 10 公里山地竞速冠军

北京国贸垂直马拉松冠军

香港国际越野赛亚军

香港大屿山越野赛冠军

澳大利亚袋鼠岛马拉松第三名

韩国亚洲越野大师赛冠军

北京 TNF 国际越野赛 100 公里冠军

极限挑战

2016 年 8 月

完成北京五环横穿，总计 262 公里，历时 32 小时 10 分

2017 年 5—12 月

完成 10 城 24 小时挑战（每个城市连续奔跑 24 小时）：

西安、长沙、北京、上海、合肥、南京、成都、温州、福州、广州

发起哈尔滨 24 小时接力赛众筹 100 万

发起温州轮椅马拉松众筹 50 个轮椅